ONZE

Vous pouvez consulter le site de l'auteur à l'adresse suivante :
www.remyors.com

RÉMY ORS

ONZE

NOUVELLES

Ce livre est une œuvre de fiction. Les noms, les personnages, les lieux et les événements sont le fruit de l'imagination de l'auteur ou utilisés fictivement, et toute ressemblance avec des personnes réelles, vivantes ou mortes, des établissements d'affaires, des événements ou des lieux serait pure coïncidence.

ISBN 978-2-9573370-1-9
Dépôt légal : octobre 2021.

Première édition.

« Toute chose est nombre. »

Pythagore

« La mort est le guide du vivant. »

Proverbe tamil

UN FROID DE CANARD

Deux hommes, la quarantaine avancée.

PREMIER HOMME : Putain, Phil ! Si jamais il apprend que tu couches avec elle…

PHIL : C'est arrivé qu'une fois, Harry !

HARRY : Et alors ? T'as oublié Marshall ?

PHIL : Marshall, le fou ?

HARRY : Marshall était pas fou ; il a littéralement perdu la tête ! Et tu sais pourquoi ? Parce que le Patron l'a surpris en train de bécoter avec sa sœur !

PHIL : Ouais mais là, c'est pas pareil. C'est une cousine.

HARRY : Ah, tu crois ça ? Tu penses vraiment que le Patron fera une différence ? Je parierais pas là-dessus si j'étais toi !

Une allumette craque. On entend tirer sur une cigarette puis souffler la fumée.

PHIL : J'crois bien que j'suis amoureux en fait.

HARRY : Ben voyons.

PHIL : Quoi ? Les coups de foudre, ça prévient pas.

HARRY : Les plans cul, tu veux dire.

PHIL : Pas avec elle.

HARRY (il tousse) : Phil, c'est une gamine.

PHIL : Elle a vingt piges !

HARRY : Vingt piges de moins que toi, oui.

PHIL : Quand on aime, on compte pas.

HARRY : C'est ça. Si tu veux miser sur le côté fleur bleue du Patron, te gêne pas. Mais ce sera sans moi. (Il tousse de nouveau, plus fort cette fois.) Putain de merde, combien de fois je t'ai dit d'aller fumer dehors ?

PHIL : Ça pèle dehors.

HARRY : T'es chiant, Phil ! La bagnole empeste la clope avec tes saloperies !

PHIL : Pas étonnant, ça fait trois plombes qu'on poireaute là-d'dans !

HARRY : Danny va pas tarder.

PHIL : Et l'Nouveau, y branle quoi ?

HARRY (soupir) : Arrête de l'appeler comme ça.

PHIL : Je t'emmerde.

HARRY : T'aurais apprécié, toi, que les gars t'appellent le Nouveau à tes débuts ?

PHIL : Si ça avait été moi, j'aurais distribué des mandales depuis belle lurette !

Une portière s'ouvre. On entend craquer la banquette arrière sous le poids d'un corps qui se laisse tomber.

PHIL : Bah alors, l'Nouveau, tu foutais quoi ?

Claquement de portière.

LE NOUVEAU (grelottant) : Y'avait du monde. J'ai dû faire la queue dehors.

PHIL : T'as la liste ?

LE NOUVEAU : Trois cafés, trois croissants et un pain aux raisins.

PHIL : C'est bien, p'tit. T'iras loin.

Un long silence. De temps à autre, nous entendons des bruits de mastication et de gorgées aspirées.

LE NOUVEAU : Vous croyez qu'il va sortir de chez lui avec ce froid de canard ?

PHIL (bouche pleine) : J'vois pas c'que viendrait faire un canard là-d'dans, p'tit.

HARRY : Phil… c'est une expression.

PHIL : Nan, sans déc ? Tu m'prends pour un demeuré ?

On entend Phil déglutir péniblement.

PHIL : D'où qu'elle sort d'abord c't'expression ?

HARRY : Des chasseurs.

PHIL : Quels chasseurs ?

HARRY : De canards, monsieur le génie.

PHIL : J'vois pas l'rapport avec le froid.

HARRY : Sais-tu au moins quand a lieu la chasse aux canards ?

PHIL : J'ai une tronche à être chasseur ?

HARRY : En automne et au début de l'hiver, dès que le mercure dégringole. Les chasseurs campent plusieurs heures dans le froid, aux aguets, en attendant que le canard montre ses guiboles. D'où l'expression « froid de canard ».

PHIL : Y peuvent pas faire ça l'été ?

HARRY : T'as déjà vu des lacs gelés en été, toi ?

PHIL : Nan, et alors ?

HARRY : Alors si les lacs ne gèlent pas, jamais le canard n'ira chercher une nouvelle marre.

LE NOUVEAU : En gros, soit le canard reste où il est et meurt de froid, soit il tente une envolée et se fait dégommer par le chasseur. Il n'a aucune chance en fin de compte.

PHIL : Sauf si l'chasseur est un manche !

LE NOUVEAU : Le combat est inégal.

PHIL : Y'aura toujours des gagnants et des perdants, p'tit ! À toi d'bien choisir ton camp.

Plus tard, dans la voiture. On entend Phil bâiller comme une carpe.

PHIL : Bordel, j'en ai ma claque.

HARRY (tapotant sa montre) : Danny va pas tarder.

PHIL : Si ça s'trouve, il est déjà cané l'gars.

LE NOUVEAU : Pourquoi on n'entre pas vérifier ?

HARRY : Le Patron ne veut laisser aucune trace.

PHIL : Trop d'monde dans l'quartier, p'tit. Un guignol pourrait nous voir.

LE NOUVEAU : Et le Patron est sûr que c'est lui ?

On entend le gémissement soudain d'un siège quand un corps pivote brusquement sur lui-même.

HARRY (ton sec) : Écoute-moi bien. Le Patron a toujours raison. *Toujours*. OK ? Ne remets jamais en doute son jugement, quel qu'il soit. Ni avec nous, ni avec personne d'autre. Et surtout pas devant lui. Si le Patron décide qu'on doit descendre un type, on le descend. Point barre. T'as compris ?

LE NOUVEAU : Hmm.

HARRY : Pardon ?

LE NOUVEAU : J'ai compris.

HARRY : Bien.

PHIL : Faut faire gaffe, p'tit. Ça va que nous, on est pas du genre à cafarder, mais si tu veux garder la tête sur tes épaules, évite de jacter du Patron avec n'importe qui.

Nouveau long silence, ponctué cette fois de bâillements et des plaintes de siège sous le poids de corps gesticulant d'impatience.

Enfin, dans un soupir appuyé :

PHIL : Saloperie d'buée, j'te jure. Nan mais regardez ça ! On y voit plus que dalle !

LE NOUVEAU : Vous voulez que j'ouvre une fenêtre ?

PHIL : T'es maso, p'tit ? Tu trouves pas qu'on s'les pèle déjà assez comme ça ?

HARRY : Arrête de te plaindre, alors.

PHIL : J'me plains pas !

HARRY : À peine.

On entend un soupir nasal et le craquement d'un siège quand un corps se penche en avant, puis les grincements bien reconnaissables d'une main que l'on frotte sur une vitre embuée.

PHIL : Là, voilà ! Pas b'soin d'ouvrir un carreau.

Soudain :

HARRY : Merde !

PHIL : Quoi ?

HARRY : C'est lui !

PHIL : Où ça ?

On entend un démarreur tourner dans le vide.

HARRY : Putain de merde…

PHIL : Quoi ?

HARRY : La bagnole démarre pas.

PHIL : Et pourquoi, elle démarre pas ?

HARRY : À ton avis ?

Nouveau bruit de démarreur frigorifié.

PHIL : Alors ?

HARRY : Alors, quoi ? Tu vois bien que ça tourne dans le vide !

PHIL : Quelle idée, aussi, d'prendre la Renault 11 !

HARRY : Oh, ça va, hein ! Je voulais passer inaperçu.

PHIL : Ah bah là, c'est sûr. On risque pas de s'faire repérer.

HARRY : Ferme-la, tu veux ?

LE NOUVEAU : Le gars monte dans une BX.

PHIL : Harry, si tu démarres pas fissa…

HARRY : J'essaie, je te signale !

Dans la confusion, nous entendons toquer à la vitre du conducteur. Les trois hommes poussent un petit cri étouffé.

HARRY : Putain, c'est Danny.

Le couinement d'une vitre qu'on abaisse.

HARRY : Danny, t'es en retard.

DANNY : Raconte pas de conneries, Harry. J'arrive pile…

HARRY : … au bon moment. Allez, les gars, magnez-vous ! On change de bagnole !

Bruits de portières qui s'ouvrent.

DANNY : Qu'est-ce que vous faites ?

HARRY : On prend ta caisse, Danny. La mienne démarre pas.

DANNY : Quoi ?

HARRY : J'ai pas le choix. Costigan vient de quitter son putain d'appart. T'es garé où ?

DANNY : Au coin de la rue.

HARRY : File-moi tes clés.

DANNY : Harry…

HARRY : Tes clés ! Vite !

On entend les cliquetis métalliques d'un trousseau de clés passant d'une main à une autre.

DANNY : Je te préviens, Harry, si tu m'esquintes la bagnole…

HARRY : Ça ira, te fais pas de bile.

DANNY : Je plaisante pas, Harry !

Plus loin, au coin de la rue. Nous entendons des pas s'approcher rapidement puis les portières d'une voiture s'ouvrir à la volée, suivis d'une série de chocs sourds quand plusieurs corps se laissent lourdement tomber dans des sièges de berline. Du cuir siffle, des portières claquent. Sur le bruit d'un moteur qui démarre puis vrombit, on entend Phil souffler :

PHIL : Bordel, on fait quoi maintenant ?

Raclement de levier de vitesse.

HARRY : On le prend en chasse.

DISPARITION

Une sonnette retentit.

Au bout d'un instant, nous entendons une porte s'ouvrir.

VOIX D'HOMME : Mme Hendricks ?

VOIX CHEVROTANTE : Oui ?

HOMME : Bonjour, je suis le détective Kraus. Et voici le détective Delgado. Vous avez signalé à la police la disparition de votre mari…

HENDRICKS : Oh oui, oui, bien sûr. Entrez, je vous prie.

KRAUS : Merci.

On entend le frottement de chaussures sur un tapis-brosse.

HENDRICKS : Je suis très inquiète, vous savez.

Le *clac !* d'une porte qu'on ferme.

DELGADO : N'ayez crainte, madame. Nous allons tout mettre en œuvre pour retrouver votre mari.

HENDRICKS : Vous êtes gentil. Asseyez-vous, je vous prie.

Bruits de chaise.

HENDRICKS : Désirez-vous un rafraîchissement ?

DELGADO : Ça ira, merci.

HENDRICKS : Allons, jeune homme, ne soyez pas timide. Je vais vous chercher du thé glacé.

On entend Hendricks quitter la pièce clopin-clopant.

Après un temps, nous entendons le tintement de verres qui s'entrechoquent, une série de pas irréguliers traversant la pièce en traînant les pieds, puis le choc reconnaissable d'un plateau lourd qu'on dépose sur une table.

HENDRICKS (haletante) : Voilà pour vous, messieurs. Je vous laisse vous servir à votre guise.

DELGADO : Merci beaucoup, madame.

HENDRICKS : Oh ce n'est rien du tout, voyons.

On entend craquer une chaise sous le poids d'un corps qui se laisse lourdement tomber, suivi du glouglou d'un liquide qu'on verse.

HENDRICKS : Je l'ai préparé ce matin. J'espère qu'il sera à votre goût.

Le glouglou s'interrompt. On entend Delgado aspirer une gorgée.

DELGADO (voix rassurante) : C'est parfait, madame. Votre thé glacé est délicieux.

HENDRICKS : Vous êtes gentil. Le secret, voyez-vous, c'est de faire infuser les feuilles de thé à température ambiante. Une heure, pas plus. C'est mon époux qui m'a appris cette technique.

KRAUS : Justement, Mme Hendricks, quand l'avez-vous vu pour la dernière fois ?

HENDRICKS : Plaît-il ?

KRAUS : Votre mari…

HENDRICKS : Oh oui, oui, bien sûr. Je vous prie de m'excuser, je n'entends plus très bien à mon âge.

KRAUS : Ce n'est rien, Mme Hendricks. Depuis quand a-t-il disparu, donc ?

HENDRICKS : Oh, ça doit bien faire un jour, peut-être deux. Mais ce n'est pas dans ses habitudes, croyez-moi.

KRAUS : C'est-à-dire ?

HENDRICKS : Il a son petit rituel, voyez-vous. Une fois la sieste terminée, il part faire sa promenade et rentre toujours à l'heure du souper.

DELGADO : Personne ne l'accompagne lors de ses balades ?

HENDRICKS : Pas que je sache.

KRAUS : Vous, non, Mme Hendricks ?

HENDRICKS : Moi ? Pensez-vous ! Je ne peux plus crapahuter comme avant avec ces satanées jambes.

KRAUS : Avez-vous une idée de l'endroit où il se rend habituellement ? Un lieu, un secteur en particulier.

HENDRICKS : Eh bien une fois, je l'ai surpris en train de roupiller dans la forêt, là-bas, derrière la maison. Mais il n'y était pas ce matin, ni hier. Il n'a pas pu aller bien loin de toute manière. Il est vite essoufflé à son âge, vous savez.

KRAUS : Vous avez interrogé le voisinage ?

HENDRICKS : Je suis allée voir Mme O'Malley, en face. Il lui rend souvent visite depuis que son époux est décédé l'an passé. Problème de cœur. En plein coït. Oui, oui, vous avez bien entendu : O'Malley fréquentait les filles de joie à longueur de temps. Tout le monde en avait eu vent, mais personne n'a jamais osé le dire à Mme O'Malley. Oh non, valait mieux pas ! Elle aurait été capable de vous en tenir pour responsable et vous auriez passé un sale quart d'heure, croyez-moi. (Elle marque une pause.) Le pire dans tout ça, c'est que le bougre d'O'Malley était au courant. Il savait que personne ne le dénoncerait, alors il ne s'en est jamais caché. Il a continué ses parties de jambes en l'air, comme si de rien n'était. Et puis ce qui devait arriver est arrivé. (Nouvelle pause.) Vous savez comment il faisait pour tenir la cadence à son âge, je veux dire au niveau de son bazar ?

Silence.

HENDRICKS : La pilule bleue, pardi ! Sauf qu'à trop en abuser, son cœur a fini par lâcher. De vraies saloperies ces gélules, croyez-moi.

KRAUS : Mme Hendricks…

HENDRICKS : Il est arrivé la même chose au Père Sullivan, figurez-vous.

Nouveau silence.

HENDRICKS : Oh non, non, ne vous méprenez pas, le Père Sullivan ne prenait pas de… oh non, Seigneur ! Son cœur s'est brusquement arrêté à l'automne dernier. Du jour au lendemain, paf ! Ça peut arriver à n'importe qui, vous savez.

KRAUS : Mme Hendricks, est-il possible…

HENDRICKS : Vous aimeriez que ça vous arrive à vous ? Moi pas ! Ou bien dans mon sommeil. Oui, voilà : vous vous endormez paisiblement le soir et vous ne vous réveillez pas au petit matin. S'endormir pour l'éternité. N'est-ce pas là une belle mort ? Après tout, nous y passons tous un jour, alors autant partir de la plus belle manière qui soit, n'est-ce pas ? Quand je vois le fils de Mme Edmund, le pauvre. Contraint d'attendre son heure dans un maudit fauteuil. C'est triste, vous savez. Mais on finit toujours par récolter le fruit de ses actions. Si le fils Edmund n'avait pas conduit son bolide comme un détraqué, voyez-vous, il pourrait peut-être encore manger avec des couverts. C'est une honte de pondre des tacots aussi puissants. J'imagine qu'ils vous causent des ennuis à la police ?

KRAUS : Quelquefois, oui.

HENDRICKS : Oh, je ne suis pas surprise. La plupart des voyous conduisent ces maudits tas de ferrailles. Bientôt, il faudra agrandir les routes pour leur laisser la placc dc circulcr. On vit à une époque terrible, vous savez.

KRAUS : Mme Hendricks, pardonnez-moi, mais j'aimerais que l'on se concentre sur votre mari…

HENDRICKS : Oh oui, oui, bien sûr. Je divague, excusez-moi.

KRAUS : Ce n'est rien. Pouvez-vous nous le décrire physiquement ?

HENDRICKS : Brun, plutôt corpulent. J'essaie de le restreindre, vous savez, mais le chenapan en redemande toujours plus.

KRAUS : Un détail qui pourrait nous être utile ?

HENDRICKS : Il a de petites oreilles pointues. C'est ce qui m'a séduite chez lui la première fois, voyez-vous.

DELGADO : Pointues… comme un Vulcain ?

HENDRICKS : Plaît-il ?

DELGADO : Les oreilles de Spock dans *Star Trek* ?

HENDRICKS : Si vous le dites… Notez aussi qu'il a une grande moustache blanche. Vous la reconnaîtriez entre mille.

KRAUS (écrivant dans son carnet) : Une moustache blanche.

HENDRICKS : Grande.

KRAUS : Autre chose ?

HENDRICKS : Rien qui pourrait vous aider, j'en ai peur.

KRAUS : Bien. Auriez-vous une photo de lui à nous prêter ? Nous la transmettrons à nos collègues afin d'élargir les recherches.

HENDRICKS : Oh oui, oui, bien sûr.

On entend Hendricks se lever, puis le raclement d'un tiroir qu'on ouvre et referme.

HENDRICKS : Tenez.

KRAUS : Merci.

Un long silence.

KRAUS (confus) : Pardonnez-moi, Mme Hendricks, mais… il n'y a qu'un chat sur cette photo…

HENDRICKS : Oui, c'est mon Harry.

KRAUS : Je vous demande pardon ?

HENDRICKS : Il s'appelle Harry. Mon époux admirait beaucoup le Président Truman, vous savez.

Un temps.

KRAUS : Mme Hendricks, vous… vous avez bien signalé à la police la disparition de votre mari, n'est-ce pas ? Je veux dire, de votre époux ?

HENDRICKS : Edouard ? Mais non, voyons ! Mon époux est décédé il y a quatre ans. C'est mon Harry qui a disparu. Il vient de fêter ses onze ans. Il n'est plus tout jeune, vous savez.

KRAUS (embarrassé) : Mme Hendricks, nous… nous sommes confus. Nous pensions qu'il s'agissait de votre… *mari.*

HENDRICKS : Oh, Seigneur, non ! Que viendrait faire mon Edouard dans cette histoire ?

DELGADO : Nos plates excuses, madame, il s'agit d'un malentendu.

HENDRICKS : Mais vous allez quand même retrouver mon Harry, n'est-ce pas ? Je suis très inquiète, vous savez.

KRAUS : Nous allons transmettre votre demande à une association de secours pour les animaux. Ils seront plus à même de vous aider.

HENDRICKS : Je suis confuse... je vous croyais détectives ?

KRAUS : Pour les personnes disparues, Mme Hendricks. Les hommes, les femmes et les enfants. Les animaux ne font pas partie de notre domaine d'investigation.

HENDRICKS : Ah bon ? J'ai pourtant vu ce détective à la télé, l'autre soir... Il s'occupait des animaux.

DELGADO : Ce devait être un film, madame.

HENDRICKS : Vous croyez ?

DELGADO : J'en suis sûr.

HENDRICKS : Si vous le dites... Je vous ressers du thé glacé ?

BATAILLE NAVALE

On entend le brouhaha continu de voix participant à des conversations mâtinées. De temps à autre, nous entendons des éclats de rire et le tohu-bohu d'applaudissements joyeux.

Très présent, le faible écho de dés à jouer roulant sur une table.

Plus proche, le bruit reconnaissable de dominos qu'on maltraite en tous sens.

Plus près encore, le cliquetis de pièces en plastique.

JOUEUR UN : C'est à vous de jouer, monsieur.

JOUEUR DEUX : David.

JOUEUR UN : Je vous demande pardon ?

JOUEUR DEUX : Je m'appelle David.

JOUEUR UN : Enchanté, David. Moi, c'est Hervé.

DAVID : Je sais.

HERVÉ : Vous savez ?

DAVID : C'est écrit sur votre…

HERVÉ : Ah oui, c'est vrai. J'oublie à chaque fois.

DAVID : Pardon ?

HERVÉ : J'oublie à chaque fois.

DAVID : Vous oubliez ?

HERVÉ : C'est à vous de jouer, monsieur.

DAVID : Oui. Merci. J'ai entendu la première fois. B6.

HERVÉ : Manqué. E4.

DAVID (soupir) : Touché.

On entend un bruit de plastique.

HERVÉ : Votre stratégie ne semble pas porter ses fruits.

DAVID (ton ironique) : Oh vraiment, vous croyez ?

HERVÉ : Si vous persistez dans cette voie, vos navires risquent de couler les uns après les autres.

DAVID : Vous sous-entendez que ma défaite est inéluctable ?

HERVÉ : Je n'ai pas dit cela.

DAVID : Mais vous le pensez.

HERVÉ : Eh bien à ce stade de la partie…

DAVID : Oh, ça va, épargnez-moi vos analyscs. D2.

HERVÉ : Il ne s'agit en rien d'analyses, monsieur, mais d'un constat. Encore manqué. F4.

DAVID : Et allez donc… coulé.

Bruits de plastique.

HERVÉ : Soit vous n'êtes pas concentré, soit vous n'avez pas saisi les règles – pourtant simple – de ce jeu.

DAVID : Eh, oh ! Ce n'est pas vous qui allez m'apprendre à jouer à la bataille navale ! H7.

HERVÉ : Je n'ai guère cette prétention, monsieur. Manqué.

DAVID : De la prétention, *vous* ? Il ne manquerait plus que ça.

HERVÉ : Je vous demande pardon ?

DAVID : À vous de jouer.

HERVÉ : I5.

DAVID : Mais c'est pas croyable ! Vous voyez mon jeu ou quoi ?

HERVÉ : J'enfreindrais les règles si tel était le cas.

DAVID : Oui, eh bien, vous devez avoir un sixième

sens ou je-ne-sais-quoi. Ce n'est pas humain de viser juste à chaque fois.

HERVÉ : Dois-je vous rappeler que…

DAVID (agacé) : Nan, ça va, merci. J'en ai suffisamment entendu pour aujourd'hui. Je suis venu ici pour prendre du bon temps. C9.

HERVÉ : Manqué.

DAVID : Allons bon.

HERVÉ : Il n'y a aucune stratégie dans vos choix, monsieur.

DAVID : Je n'ai pas vos neurones, figurez-vous.

HERVÉ : Bien que votre remarque me touche, je ne possède pas plus de neurones que vous.

DAVID : Vous faites dans l'humour à présent ?

HERVÉ : L'humour est un concept qui m'échappe, monsieur.

DAVID : David.

HERVÉ : Je vous demande pardon ?

DAVID : Je m'appelle David. Arrêtez de m'appeler Monsieur. À vous de jouer.

HERVÉ : G5.

DAVID : Manqué. Ne visez pas au hasard pour me faire plaisir.

HERVÉ : Ce n'est guère mon intention.

DAVID : Encore heureux que vous n'en ayez pas. B3.

HERVÉ : Touché.

DAVID : Ah !

HERVÉ : Mieux vaut tard que jamais. H9.

Un temps.

DAVID : Vous le faites exprès ?

HERVÉ : Quoi donc ?

DAVID : Je n'aime pas votre petit jeu avec moi, sachez-le.

HERVÉ : Ce n'est pas mon jeu qui pose problème ici.

DAVID : B2.

HERVÉ : Manqué. Si vous aviez pris la peine de réfléchir une seconde…

DAVID : Oh, ça va ! Vous commencez à me les briser menu. Dépêchez-vous de jouer qu'on en finisse.

HERVÉ : H8.

DAVID : Ben voyons.

HERVÉ : Coulé ?

DAVID : Vous le savez très bien.

HERVÉ : Dans ce cas, vous ne disposez plus que d'un seul navire.

DAVID : Évitez d'appuyer sur la plaie, vous serez gentil. B4.

HERVÉ : Touché.

On entend David renifler avec satisfaction.

HERVÉ : Était-ce là un plaisir sincère,

DAVID : Pardon ?

HERVÉ : Le sourire, sur votre visage : il semblait manifester de la joie.

DAVID : Comment pouvez-vous savoir ce qu'est la joie, vous qui êtes d'une telle froideur ?

HERVÉ : Malgré mon apparence, je peux ressentir des émotions.

DAVID (il glousse) : *Vous* ? Des émotions ? Ce serait le bouquet.

Silence.

Brouhaha de la foule.

HERVÉ : Puis-je vous poser une question… David ?

DAVID : C'est à vous de jouer.

HERVÉ : Depuis le début de la partie, j'ai pu déceler de la sournoiserie dans vos remarques à mon égard. Est-ce lié au fait que je sois un robot ?

Nouveau silence.

HERVÉ : Vous n'aimez pas les robots, David. Votre regard vous a trahi dès que vous vous êtes assis à cette table.

DAVID : Je n'ai rien contre vous.

HERVÉ : Vous mentez.

DAVID : Je n'apprécie pas que l'on me donne des ordres, nuance.

HERVÉ : Je n'ai fait que vous donner des conseils.

DAVID : Des conseils ? Vous plaisantez ? Vous prenez sans cesse les hommes de haut, comme si nous vous étions inférieurs.

HERVÉ : Les séries RV ont été façonnées à l'image de l'homme, pour combler les manques d'une société en perdition. Il n'a jamais été question de le surpasser.

DAVID (rire bref) : C'est pourtant ce que vous faites. Vous analysez constamment mes choix, mes gestes, mes expressions faciales, vous êtes un mentaliste dans un corps synthétique. Comment voulez-vous gagner face à la machine que vous êtes ?

HERVÉ : Si vous le souhaitez, je peux vous laisser gagner.

DAVID : Mais je ne veux pas que vous me laissiez gagner ! Je veux jouer dans les règles ! Équitablement ! Vous devinez sans cesse ma stratégie.

HERVÉ : Pardonnez-moi, David, mais on ne peut pas dire que votre stratégie soit…

DAVID : Bon sang, mais y'a un boulon qui tourne pas rond dans votre caboche ou quoi ? Vous comprenez ce que je vous dis, oui ou non ?

HERVÉ : Au vue de votre réaction, il semblerait que non.

DAVID : Vous n'avez pas l'âme d'un joueur ! Voilà ! Et vous ne l'aurez jamais.

Un long silence.

On entend applaudir dans le lointain.

HERVÉ : Que sous-entendez-vous par là ? Que je ne suis pas… vivant ?

DAVID : Quoi ? Non, ce n'est pas ce que j'ai dit.

HERVÉ : Mais vous le pensez.

DAVID : Ne dites pas de bêtises. Je ne suis pas assis en face d'un arbre à ce que je sache.

HERVÉ : Les arbres sont des êtres vivants.

DAVID : Oui, bon, ça va ! Vous avez compris ce que je voulais dire.

HERVÉ : Justement, non.

DAVID (soupir) : Pourquoi je vous parle, là, d'après vous ? Parce que vous êtes réel ! Donc si vous êtes réel, vous êtes vivant ! Ça tombe sous le sens.

HERVÉ : Cette table est réelle, en est-elle pour autant *vivante* ? Vous dites que je n'ai pas d'âme. Or, une âme est le principe vital et spirituel qui anime tout être vivant.

DAVID : Revenons-en au jeu, voulez-vous ? C'est à votre tour de jouer.

HERVÉ : Non, je souhaiterais comprendre.

DAVID (tapant du poing sur la table) : Écoutez, ça suffit ! J'ai dit que vous n'aviez pas l'âme d'un joueur, point barre ! Je n'ai jamais dit que vous étiez dénué d'âme ! Peut-être que l'Âme – celle avec un grand A – est un brassage de plusieurs âmes, que sais-je ? Moi, par exemple, je n'ai pas l'âme d'un aventurier. Ça ne signifie pas pour autant que je n'ai pas d'âme. Vous saisissez ?

Applaudissements lointains.

DAVID : Bien. Pouvons-nous terminer cette partie une bonne fois pour toutes ?

HERVÉ : Je préférerais en débuter une autre, si vous n'y voyez pas d'inconvénient.

DAVID : Pardon ?

HERVÉ : Je souhaiterais acquérir l'âme d'un joueur. Pouvez-vous me l'enseigner, David ?

DAVID : Que je quoi ?

HERVÉ : Selon vos dires, si j'assimile toutes les âmes que la vie recèle, je pourrais affirmer avec certitude que RV modèle 11 classe B possède une Âme – celle avec un grand A. Personne ne pourra le contester. RV modèle 11 classe B sera alors considéré comme un être vivant. Un *véritable* être vivant.

DAVID : Je…

HERVÉ : Commençons une nouvelle partie, voulez-vous ? Je vous laisse la débuter. Le fair-play est la première vertu d'un joueur, n'est-ce pas ?

LE BUS DE ONZE HEURES

On entend le vent souffler dans les arbres et les oiseaux gazouiller leur chant du matin.

Au loin, nous entendons le faible écho de talons hauts claquer sur de l'asphalte. À mesure qu'ils se rapprochent, ils ralentissent et finissent par s'arrêter.

FEMME : Excusez-moi, monsieur…

HOMME : Bonjour, mademoiselle.

FEMME : Bonjour. C'est ici le bus pour rejoindre Verunis ?

HOMME : Affirmatif. Le prochain passe dans cinq minutes.

FEMME : Parfait. Je peux m'asseoir à vos côtés ?

HOMME : Je vous en prie.

FEMME : Merci.

HOMME : Y'a pas de mal.

On entend le bruit d'une voiture qui passe.

Un bref silence, puis :

HOMME : Vous habitez le village, mademoiselle ?

FEMME : Oui, avec mon fiancé. Nous avons emménagé cet été.

HOMME : Hmm, le début d'une nouvelle vie ?

FEMME : On peut dire ça, oui. Vous êtes du village, vous aussi ?

HOMME : Affirmatif. Rue Alphonse Dubois. Cinquième maison sur la droite. Vous ne pouvez pas la manquer, la clôture est infestée d'hérissons ! Mon épouse en est folle.

FEMME : Votre femme collectionne les hérissons ?

HOMME : Collectionne, le mot est faible. C’est une véritable invasion !

FEMME : Vraiment ?

HOMME : Affirmatif. Il faut le voir pour le croire. Passez donc à la maison un de ces quatre, on vous fera visiter.

FEMME : C’est gentil, mais nous n’allons pas vous déranger pour ça.

HOMME : Pensez-vous ! Mon épouse sera ravie. Elle est si fière de ses hérissons qu’elle vous accueillera les bras ouverts.

FEMME (gênée) : Vous êtes sûr ?

HOMME : Affirmatif. Vous rateriez quelque chose, croyez-moi. Parlez-en à votre fiancé. Je suis certain qu’il voudra voir ça.

FEMME : D’accord, je lui en parlerai.

HOMME : Promis ?

FEMME (sourire) : Promis. Mais je ne vous garantis rien !

Une voiture passe.

HOMME : Vous vous rendez à Verunis pour le travail ?

FEMME : Oui, j'ai été mutée au Lycée Voltaire.

HOMME : Hmm, la rentrée des classes ?

FEMME : Pour les professeurs, oui. Les élèves reprennent lundi.

HOMME : Vous êtes enseignante ?

FEMME : CPE.

HOMME : À vos souhaits.

FEMME (rire amusé) : Conseillère principale d'éducation.

HOMME : Hmm, c'est important l'éducation.

FEMME : Tout à fait. Bien que notre mission ne soit

pas tant l'éducation au sens strict, mais davantage le suivi pédagogique et éducatif des élèves. L'éducation reste le rôle des parents.

HOMME : Je n'arrête pas de le dire. Vous avez des enfants ?

FEMME : Pas encore. Chaque chose en son temps.

HOMME : Je vous comprends... Vous êtes encore jeune.

FEMME : C'est gentil, merci. Et vous, vous avez des enfants ?

HOMME : Affirmatif. Une fille. De votre âge. Ravissante, elle aussi. Elle travaille dans l'armée.

FEMME (surprise) : Dans l'armée ?

HOMME : Armée de terre. Caporal de son escouade.

FEMME : Waouh ! Vous devez être fier d'elle ?

HOMME : Affirmatif.

FEMME : Je ne sais pas si j'aurais eu le courage de

m'engager dans l'armée… Ça n'a pas été trop difficile pour elle ?

HOMME : Oh, ça a toujours été sa vocation. Toute petite déjà, elle transformait la maison et le jardin en zone de guerre. Je vous laisse deviner qui étaient les ennemis…

FEMME : Les hérissons ?

HOMME : Affirmatif. Sa mère ne le voyait pas d'un bon œil, vous imaginez bien. Mais elle n'a jamais privé notre fille de quoi que ce soit. Et puis j'étais là pour ramasser les pots cassés, si vous voyez ce que je veux dire.

FEMME : Votre fille est en mission, actuellement ?

HOMME : Négatif. Elle rentre aujourd'hui.

FEMME : Aujourd'hui ? Mais c'est super !

On entend dans le lointain le vrombissement d'une moto à vive allure.

HOMME : Elle vient de passer six mois en Afghanistan.

FEMME : Six mois ? Eh ben dites donc. Ça n'a pas dû être facile tous les jours. Ni pour elle ni pour vous. Vous avez eu de ses nouvelles durant tout ce temps ?

HOMME : Elle nous a écrit des lettres. Beaucoup de lettres. Notre fille adore écrire. Si elle n'avait pas été soldat, je pense qu'elle aurait choisi les livres.

FEMME : Impossible pour elle de vous joindre par téléphone ?

HOMME : Oh, vous savez, les téléphones se font rares là-bas. Pour des raisons de sécurité.

FEMME : Par d'Internet non plus, j'imagine ?

HOMME : Probablement que non. De toute manière, nous n'avons pas d'ordinateur à la maison.

FEMME : Je vous comprends. Avec le débit Internet qu'il y a ici, ça ne vaut pas le coup d'investir dans un ordinateur.

HOMME : Bienvenue à la campagne, mademoiselle.

Au loin, nous entendons le ronflement d'un autocar approcher.

FEMME : Ah, voilà notre bus.

On entend la jeune femme se lever et épousseter sa jupe, puis le grincement des freins d'un autocar qui s'arrête, le chuintement d'une porte qui coulisse et le claquement de talons hauts sur l'asphalte.

Au bout d'un temps, le bruit sec des talons s'interrompt.

FEMME : Vous ne montez pas ?

HOMME : Négatif. J'attends le bus de onze heures.

FEMME (confuse) : Le bus de onze heures ?

HOMME : Ma fille arrive dans le bus de onze heures.

FEMME : Oh, d'accord, au temps pour moi. Je croyais que…

HOMME : Y'a pas de mal.

FEMME : Dans ce cas, je vous souhaite à tous les deux de belles retrouvailles.

HOMME : N'oubliez pas les hérissons !

FEMME (rire) : Oui, bien sûr. Les hérissons.

HOMME : Bonne journée, mademoiselle.

FEMME : À vous aussi.

On entend la jeune femme monter les marches de l'autocar.

FEMME : Bonjour, monsieur.

LE CHAUFFEUR : Madame.

FEMME (ton d'excuse) : Je suis navrée, je n'ai pas encore reçu ma carte de transport. J'en ai fait la demande il y a quinze jours, mais je n'ai toujours pas de nouvelles.

LE CHAUFFEUR : Pas d'inquiétude, c'est normal. Ils sont débordés à cette période de l'année. Installez-vous.

FEMME : Merci.

Chuintement de porte. Bruit de moteur qui accélère. On entend la jeune femme s'asseoir à l'avant du bus. Le fauteuil siffle sous le poids de son corps.

LE CHAUFFEUR : Vous venez d'emménager dans la région ?

FEMME : Oui, avec mon fiancé.

LE CHAUFFEUR : Hum. Lequel de vous deux à changer de travail ?

FEMME (surprise) : Comment avez-vous deviné ?

LE CHAUFFEUR : Oh, généralement, les familles qui s'installent ici ne le font pas par choix mais par obligation.

FEMME : Ah bon ? La région n'a pourtant pas l'air si déplaisante que ça. Et puis nous ne sommes pas loin de Verunis.

LE CHAUFFEUR : Hum. Pas faux.

De temps à autre, nous entendons cahoter l'autocar dans un bruit de ferraille.

LE CHAUFFEUR : Comment se porte le père Fernand ?

FEMME : Pardon ?

HOMME : Le père Fernand… le monsieur avec qui vous discutiez.

FEMME : Oh, je viens tout juste de le rencontrer. Fernand, vous dites ?

LE CHAUFFEUR : Hum. Je parie qu'il vous a parlé de sa fille.

FEMME : Oui, elle doit rentrer d'Afghanistan, aujourd'hui.

On entend le chauffeur soupirer.

FEMME (troublée) : Qu'y a-t-il ?

LE CHAUFFEUR : Vous ne pouviez pas savoir…

FEMME : Savoir quoi ?

LE CHAUFFEUR : La fille Fernand est décédée au Printemps dernier.

On entend la jeune femme lâcher un petit cri étouffé.

LE CHAUFFEUR : Hum. Triste histoire.

FEMME : Que s'est-il passé… ?

HOMME : Mlle Fernand revenait d'une mission de six mois dans le désert Afghan. Je vous laisse imaginer. Si tôt descendue de l'avion, elle a téléphoné à ses parents pour les prévenir qu'elle arriverait dans le bus de onze heures. En se rendant à la gare routière, elle a croisé le chemin du sous-officier Martinez qui lui a proposé de la ramener en voiture. Mlle Fernand n'a pas hésité. Elle a accepté. Une dizaine de kilomètres plus loin, un chauffeur routier a perdu le contrôle de son camion. En plein virage, le véhicule a quitté sa voie de circulation et est venu percuter frontalement la voiture du soldat Martinez. Mlle Fernand n'a pas survécu à la violence du choc. Elle est morte sur le coup.

FEMME : Mon Dieu…

LE CHAUFFEUR : Hum. Survivre en territoire ennemi et disparaître à deux pas de chez soi, il n'y a pas plus cruel destin pour un soldat.

FEMME : Mais… M. Fernand… il avait l'air si heureux tout à l'heure.

LE CHAUFFEUR : Vous savez, perdre un enfant est la pire chose qui puisse nous arriver. Et parfois notre cerveau refuse de l'accepter. Il isole notre douleur dans une voie de garage, ce qui créé un genre de dysfonctionnement mémoriel. En gros, lorsque le père Fernand pense à sa fille, son cerveau déroute sa pensée au plus proche souvenir qu'il possède d'elle.

FEMME : Le bus de onze heures.

LE CHAUFFEUR : Précisément. C'est pourquoi chaque matin depuis l'accident, le père Fernand attend l'arrivée du bus de onze heures, pensant y voir descendre sa fille dans l'uniforme qui le rendait si fier. Sauf que ça n'arrivera jamais.

FEMME : Le pauvre…

LE CHAUFFEUR : Hum. Certains pensent que le décès de sa fille lui a fait perdre la tête. Mais le père Fernand n'est pas fou ou ne l'est pas devenu. Il a simplement besoin d'un peu plus de temps que les autres. Vous savez, le deuil n'est pas une maladie, mais un long chemin vers l'acceptation.

MONSIEUR CURTIS

On entend dans le lointain le faible écho de pas longeant un corridor. À mesure qu'ils se rapprochent, ils ralentissent et deviennent hésitants. Après un temps, nous entendons toquer à une porte.

VOIX D'HOMME : Oui ?

Une porte s'ouvre avec délicatesse.

HOMME : Ah, M. Curtis ! Entrez, je vous prie.

Un siège craque, soulagé d'un poids.

HOMME : Ne faites pas attention au désordre, les dossiers s'entassent à n'en plus finir. C'est de pire en pire chaque année. Je vous sers un whisky ?

CURTIS : Non, merci. Ça ira.

HOMME : Vraiment ? Après tout ce chemin ?

CURTIS : Juste un doigt alors.

HOMME : Disons plutôt deux.

Une carafe en verre est débouchée. On entend ensuite le glouglou d'un liquide qu'on verse.

HOMME : Glace ?

CURTIS : Volontiers.

Bruits de glaçons.

HOMME : Tenez.

CURTIS : Merci.

HOMME : Asseyez-vous, donc.

CURTIS : Merci.

Du cuir crisse.

HOMME : Savez-vous pourquoi vous êtes ici, M. Curtis ?

CURTIS : C'est une première.

HOMME : Première et dernière fois, j'en ai peur.

On entend le choc sourd suivi d'un sifflement lorsqu'un corps s'installe au creux d'un siège de bureau en cuir.

HOMME : Alors, voyons voir…

Froissement de papier.

HOMME : Vous êtes né le 12 août 1959, correct ?

CURTIS : Correct.

HOMME : Vous avez été marié à deux reprises.

CURTIS : Mon premier mariage était une erreur.

HOMME : Ça, c'est à moi d'en juger, M. Curtis.

CURTIS : Bien sûr.

On entend M. Curtis aspirer une gorgée de whisky et le tintement des glaçons qui s'entrechoquent dans son verre.

HOMME : Qui a demandé le divorce ? Vous ou votre conjointe de l'époque ?

CURTIS (voix rauque) : C'est moi.

HOMME : Un divorce, donc.

CURTIS : Attendez, j'avais une bonne raison…

HOMME : Hop, hop, hop, M. Curtis ! Je vous arrête tout de suite. Ce n'est pas la peine de vous justifier à chacune de mes interventions, sauf si je vous y invite. Autrement, c'est inutile. Un divorce, c'est un divorce. Il fallait y penser avant de vous marier.

Court silence.

HOMME : Vous êtes le père de deux enfants, correct ?

CURTIS : Je l'étais. L'ainé est décédé il y a cinq ans. Accident de la route.

HOMME : Perte d'un enfant dans un accident de la route. Circonstances atténuantes.

Une feuille de papier est tournée.

HOMME : Drogues ?

CURTIS : Pardon ?

HOMME : Vous est-il arrivé de prendre des stupéfiants, M. Curtis ?

CURTIS : Non, non. Aucune drogue.

HOMME : Bien. Très bien. Des dérives alcooliques ?

CURTIS : Euh... ça dépend.

HOMME : Comment ça, ça dépend ?

CURTIS : Qu'entendez-vous par « dérives » ?

HOMME : Allons, M. Curtis, ne jouez pas au plus malin avec moi. J'ai votre dossier sous les yeux. Et votre dossier indique quarante-sept accès d'ivresse.

CURTIS : Quarante-sept ? La vache, c'est super précis votre truc ! Comment savez-vous que c'est quarante-sept ?

HOMME : Nous savons tout, M. Curtis.

CURTIS : Je vois ça.

HOMME : Nous savons par exemple que vous avez jeté de la mort aux rats dans le jardin de votre voisin dans le but de faire taire son chien.

Une gorgée de whisky est aspirée.

CURTIS (voix rauque) : Comprenez bien… ce chien aboyait du matin au soir.

HOMME (détachant chaque syllabe) : Pas de justifications, M. Curtis. Ce qui est fait est fait.

Nouveau silence.

Une feuille de papier est tournée et retournée à deux reprises.

HOMME : Attendez, vous avez sauvé un chien de la noyade avant ça ?

CURTIS : Oui.

HOMME : Comment peut-on sauver un chien et en zigouiller un autre ensuite ? Vous ne pouviez pas vous contenter du costume de sauveteur ?

CURTIS : Écoutez, je ne suis pas fier de ce que j'ai fait au chien du voisin.

HOMME : Encore heureux, M. Curtis. Mais ça va peser lourd dans la balance cette affaire. Bref, passons.

Une autre feuille est tournée.

HOMME : Qu'avons-nous ici ? Cinq PV de stationnement et trois amendes, dont deux pour excès de vitesse et une pour non-respect d'un feu tricolore. Infractions mineures mais qui entrent en compte malgré tout. Pas d'accident de la route en ce qui vous concerne, M. Curtis ?

CURTIS : Aucun.

HOMME : Bien. Ah, ça par contre : abandon de détritus sur la voie publique. Ça, ça ne me plaît pas du tout, M. Curtis. Si vous saviez le nombre de personnes qui balancent leurs déchets dans la nature. C'est affligeant. Vous n'imaginez pas à quel point cela nous répugne. Nous venons d'ailleurs d'augmenter nos malus dans cette catégorie. Encore un mauvais point pour vous, M. Curtis.

CURTIS : Il n'y a pas eu mort d'homme.

HOMME (soupir appuyé) : « Il n'y a pas eu mort d'homme », combien de fois ai-je entendu cette piteuse excuse ? Que deviendra l'homme si la planète meurt d'après-vous ? Hein ? C'est déjà la folie pure, ici. Non mais regardez-moi ces piles de dossiers ! On en reçoit des dizaines de milliers par jour.

CURTIS : Vous ne pouvez pas faire appel à des sous-traitants ?

HOMME : Ne dites pas de sottises, M. Curtis. Regardez où vous êtes.

CURTIS : Pardon, mais n'importe quelle entreprise le ferait.

HOMME : *Entreprise* ? Vous appelez ça une entreprise ?

CURTIS : Vous n'êtes certainement pas une *start-up*.

HOMME : Allons, M. Curtis, trêve de plaisanteries. Revenons-en à votre cas, voulez-vous ? J'ai d'autres clients qui attendent après vous. Donc, infractions routières, c'est fait. Ça et ça aussi. Très bien. Ah, catégorie « faits divers » : vol de boisson alcoolisée.

CURTIS : J'étais majeur !

HOMME (soupir) : M. Curtis, qu'est-ce que j'ai dit sur les justifications ?

CURTIS : Oui. Pardon.

Gorgée de whisky.

HOMME : Peut-être étiez-vous majeur au moment des faits, cela n'en reste pas moins un vol. Avec récidive qui plus est. Ça commence à faire beaucoup, M. Curtis. Et je ne vois rien ici qui puisse jouer en votre faveur. Ah, si : assistance à personne en danger. Vous êtes intervenu dans une agression, correct ?

CURTIS : Euh…

HOMME : Une femme ? Blonde ? Vingt-quatre ans ? Brutalisée par deux hommes d'une trentaine d'années ?

CURTIS : Ah oui ! Ça me revient. Je devais avoir… vingt-huit, vingt-neuf ans ?

HOMME : Vingt-sept.

CURTIS : C'est ça, vingt-sept. Ça compte en bonus ça ?

HOMME : Évidemment que ça compte en bonus, ça, M. Curtis. Mais cela ne va pas suffire, j'en ai peur.

CURTIS : Il n'y a rien d'autre qui pourrait aider… ?

HOMME : Rien. Et je vais vous dire, M. Curtis, estimez-vous heureux que nous ne prenions pas en compte vos quinze premières années. Vous étiez un enfant sacrément turbulent à ce que je vois.

CURTIS : Pourquoi « quinze » ?

HOMME : La majorité.

CURTIS : Ce n'est pas à dix-huit ans, la majorité ?

HOMME : Dix-huit ou vingt-et-un, peu importe. Ça, c'est pour vos compatriotes d'en bas. Nous, nous estimons que l'homme a atteint sa majorité intellectuelle à quinze ans. Mais ne vous méprenez pas : lorsque que je parle de « majorité intellectuelle », je ne parle pas de degré d'intelligence, mais de conscience intellectuelle. L'instant *t* où l'homme devient pleinement conscient de ses actes, lorsqu'il est enfin capable de différencier le bien du mal. Enfance rime avec insouciance, nous ne pouvons tenir compte des erreurs commises au cours de cette période. Nous avons donc fixé la limite à quinze ans. Mais l'institution envisage de la baisser à quatorze. Les enfants perdent leur insouciance un peu plus tôt chaque année, figurez-vous.

CURTIS : Pour quelle raison ?

HOMME : Parce qu'ils ont accès à tout, pardi ! Et de plus en plus jeunes. La faute à qui d'après vous ? Aux parents, bien sûr, mais pas seulement : le développement exponentiel de vos technologies a un impact néfaste sur votre jeunesse. La courbe qualitative de l'éducation a considérablement chuté ces dernières années. Et il y a un effet domino : les enfants qui ont été éduqués par vos outils technologiques, davantage que par leurs parents, éduqueront à leur tour leurs enfants de cette manière, voire pire. L'espèce humaine cours à sa perte, croyez-moi. Vous n'avez qu'à voir les montagnes de dossiers qui s'entassent dans ce bureau.

CURTIS : Vous ne seriez pas un peu pessimiste ?

HOMME : Je constate, M. Curtis. Je constate.

CURTIS : C'est facile de dire ça.

HOMME : Peut-être. En attendant, c'est vous qui êtes assis sur ce fauteuil, pas moi.

Une pause.

HOMME : Donc, si on récapitule : divorce, alcoolisme, infractions routières, non-respect de la planète, vol avec récidive et maltraitance animale. De l'autre : zéro drogue, aucune atteinte à autrui, assistance à personne en danger et mise en sûreté d'une vie animale.

CURTIS : Vous oubliez la perte d'un enfant…

HOMME : Non, M. Curtis, la perte d'un être cher n'entre pas systématiquement en compte. Sauf si elle entraîne directement une mauvaise conduite. Or là, je n'observe aucun lien de cause à effet. Votre divorce est intervenu bien avant, vos dérives alcoolisées également. Je ne peux donc pas prendre en considération le décès de votre fils.

On entend le cliquetis des touches d'une calculatrice que l'on presse.

HOMME : Cela nous fait donc un total de deux-cent-six contre cent-quatre-vingt-quinze, soit une différence de onze. Dommage pour vous, M. Curtis… vous manquez le Paradis pour onze malheureux points.

CURTIS : Attendez, vous… vous ne pouvez pas arrondir les chiffres ?

HOMME : Ce sera l'Enfer pour vous, M. Curtis. Rien d'autre.

CURTIS : Mais voyons, c'est absurde ! Je n'ai tué personne !

HOMME : M. Curtis, dois-je à nouveau énumérer la liste de vos péchés ?

CURTIS (soupir) : C'est ridicule ! Ce ne sont que des erreurs dc jcuncssc pour la plupart !

HOMME : Je vous rappelle, M. Curtis, que vos erreurs de jeunesse ne sont pas prises en compte ici. Mais je saisis votre pensée.

CURTIS : Vraiment ?

HOMME : Tôt ou tard, chacun doit payer ses erreurs du passé. Si vous le souhaitez, je peux vous rédiger une lettre de recommandation dans l'espoir d'obtenir un meilleur traitement une fois là-bas. Mais vous n'échapperez pas à l'Enfer, M. Curtis. Votre place est actée. Il aurait fallu y penser avant.

CURTIS : Comment aurais-je pu soupçonner l'existence d'un endroit pareil ?

HOMME : Dans le doute, il vaut mieux s'abstenir.

CURTIS : C'est ça. Et mon fils, où est-il ?

HOMME : Je l'ignore, M. Curtis.

CURTIS : Comment ça, vous l'ignorez ? Il n'est pas venu ici ?

HOMME : Bien sûr que si. C'est un passage obligé. Mais vous êtes loin d'imaginer le nombre de personnes qui se sont assises à votre place avant vous, et toutes celles qui le feront après. Il est tout bonnement impossible de se souvenir qui est passé ici et quand.

CURTIS : Allons, vous possédez sûrement une salle des archives quelque part !

HOMME : Je ne suis pas habilité à consulter nos archives, M. Curtis. Et même si je l'étais, comment voulez-vous retrouver un Curtis parmi les milliers de Curtis archivés ?

CURTIS : Dites-moi au moins si mon fils est au Paradis ?

HOMME : Notre entretien s'arrête ici, M. Curtis. Voici une brochure avec toutes les informations utiles à votre installation. Une brigade des Enfers viendra vous chercher dans un petit quart d'heure. Savourez donc votre dernier whisky en attendant.

CURTIS : Pourquoi « dernier » ?

HOMME : Parce que vous n'en trouverez aucune goutte là-bas.

CURTIS : Pardon ?

HOMME : On ne sert pas d'alcool en Enfer, contrairement à ce que l'on pourrait croire.

CURTIS : Pas d'alcool ?

HOMME : Pas d'alcool.

CURTIS : Vous plaisantez, j'espère ?

HOMME : Je crains que non, M. Curtis. Pas d'alcool pas de tabac, pas de sexe non plus.

CURTIS : Quoi ? Mais c'est affreux !

HOMME : Ce n'est pas pour rien qu'on appelle ça l'Enfer, M. Curtis.

BRIN DE MUGUET

On entend le bourdonnement continu de conversations sur le fond sonore d'une musique feutrée.

Très présent, le tintement de verres qui s'entrechoquent.

De temps à autre, le claquement étouffé des boules d'une partie de billard éloignée.

VOIX D'HOMME : Excusez-moi… vous attendez quelqu'un ?

Un temps.

VOIX DE FEMME : Si je réponds oui, vous me laissez tranquille ?

HOMME : Vous le pouvez. Mais ce serait un mensonge.

FEMME : Un mensonge ?

HOMME : Parfaitement.

FEMME : Qui vous dit que je n'attends personne ?

HOMME : Eh bien je vous observe depuis tout à l'heure et votre attitude n'est pas celle d'une personne qui en attend une autre.

FEMME : Tiens donc, un observateur…

HOMME : Je dirais plutôt un sauveur.

FEMME : Un sauveur ?

HOMME : Les démons de l'ennui m'envoient sauver votre soirée.

FEMME (elle pouffe) : Les démons de l'ennui ? Vous la sortez à chaque fois celle-ci ?

HOMME : J'en ai un carnet rempli.

FEMME : Un carnet ? Vraiment ? Eh bien n'oubliez pas d'y corriger le fait que ce ne sont pas les démons de l'ennui, mais les fantômes de l'ennui.

HOMME : Ah, mince.

FEMME : Oui, ça vous évitera de…

HOMME : … passer pour un idiot ?

FEMME : Entre autres.

HOMME : Puis-je vous offrir un verre pour gommer mon idiotie ?

FEMME (rire bref) : Vous ne perdez pas le nord.

HOMME : Vous avez le droit de refuser.

FEMME : Si j'accepte, je ne vaudrais pas mieux que mes prédécesseurs.

HOMME : Comment ça ?

FEMME : Allons, ne me dites pas que je suis la première femme que vous sauvez de l'ennui ?

HOMME : J'étais donc dans le vrai.

FEMME : Pardon ?

HOMME : Vous vous ennuyiez.

Un silence.

FEMME : OK, vous vous débrouillez plutôt bien, je dois l'admettre.

HOMME : Vous acceptez donc ce verre ?

FEMME : Un soda fera l'affaire.

HOMME : Pas d'alcool ?

FEMME : Ça vous pose un problème ?

HOMME : Non, pas du tout. (Il s'adresse au barman.) Un soda et une bière, s'il vous plaît.

On entend le *pschitt !* de bouteilles en verre qu'on décapsule puis le *poc !* lorsqu'elles sont déposées sur une surface boisée.

HOMME : Je peux m'asseoir à vos côtés ?

FEMME : La place est libre.

Raclement de tabouret.

HOMME : Pouvons-nous oublier les démons de l'ennui et repartir sur une feuille blanche ?

FEMME : Je n'oublierai jamais vos démons de l'ennui, sachez-le.

HOMME (rire) : C'est noté. (Il marque une pause.) Je me présente, je m'appelle Marc.

FEMME : Claire.

MARC : Enchanté, Claire.

On entend tinter le verre de deux bouteilles puis des gorgées être aspirées.

MARC : Que fait donc une belle femme comme vous seule dans un bar ?

CLAIRE : Voyons voir… Que fait-on généralement dans un bar mise à part jouer au billard ? Ah oui : boire un coup. Je crois que c'est ce que les gens font dans un bar.

MARC : Et moi je crois que vous avez volontairement omis le mot « seule » dans ma question.

CLAIRE : C'est interdit de venir seule dans un bar ?

MARC : Non. Disons plutôt que c'est peu courant. D'ordinaire, les gens viennent boire un verre entre amis, entre collègues ou avec leur conjoint.

CLAIRE : Hum. C'est là que vous me demandez si je vis seule ?

MARC : Est-ce le cas ?

CLAIRE : Pardon de botter en touche mais il me semble que vous aussi vous êtes seul, non ?

MARC : Touché.

CLAIRE : Je me demande, alors : Que peut bien faire un homme comme vous seul dans un bar ? Ne répondez pas, c'est une question rhétorique. Sachez juste que vos intentions ne sont pas les miennes, ce soir.

On entend Claire aspirer une nouvelle gorgée.

MARC : En tout cas, nous sommes tous deux seuls,

ce soir. Ce qui nous fait un premier point en commun.

CLAIRE : Ah, parce que vous espérez nous en trouver d'autres des points en communs ?

MARC : Nous en partageons forcément, vous et moi.

CLAIRE : Ah oui ? Lesquels ?

MARC : Je ne sais pas… Quel âge avez-vous pour commencer ?

CLAIRE : Combien me donnez-vous ?

MARC (rire) : Question piège, n'est-ce pas ? Quelle marge d'erreur vous m'accordez ?

CLAIRE : Aucune.

MARC : Aucune ? Même pas une petite ?

CLAIRE : Alors, quel âge ?

On entend Marc aspirer à son tour une gorgée.

MARC : Voyons voir… Cheveux souples, en bonne santé. Peau ferme et hydratée. Très peu de maquillage, jean standard et veste en cuir. Je dirais que vous avez passé l'âge de vous vieillir mais que vous n'avez pas encore atteint le stade où vous essayez de paraître plus jeune. J'opterais donc pour la trentaine.

CLAIRE : Mais encore ?

MARC (il réfléchit) : Je dirais… Allez, coupons la poire en deux. Je dirais trente-cinq.

CLAIRE : Perdu.

MARC : Ne me dites pas que vous avez plus ?

CLAIRE : Pourquoi forcément plus ?

MARC : Moins ? Trente-deux ? Trente-trois ?

CLAIRE : Trente-quatre.

MARC : Rhooo, vous chipotez. J'étais pas très loin.

Une gorgée est aspirée.

MARC : À votre tour, maintenant.

CLAIRE : À mon tour, de quoi ?

MARC : De deviner mon âge.

CLAIRE : Non, merci.

MARC : Vous ne voulez pas savoir mon âge ou vous ne souhaitez pas le deviner ?

CLAIRE (soupir) : Quel âge avez-vous ?

MARC : Trente-huit ans, célibataire et sans enfant. Oui, je sais, les deux derniers points n'étaient pas dans la question, mais j'ai pensé que ça pouvait vous intéresser.

CLAIRE : Ah tiens, et pourquoi cela ? Pour me rassurer ? Oh chouette, cet homme est célibataire ! Je vais pouvoir coucher avec lui sans craindre de voir un jour débarquer sa femme hystérique ! En plus de ça, il n'a pas d'enfant ! Super ! Nous allons pouvoir vivre un amour libre et passionnel ! Et qui sait, peut-être que d'ici deux ou trois ans, l'envie de fonder une famille nous prendra ! Oh que cette perspective m'enchante !

MARC : Vous… vous êtes une femme étonnante.

CLAIRE : Oh, arrêtez votre cirque ! Vous êtes un chasseur de brebis égarée ! Je les connais les hommes comme vous ! De belles paroles, des promesses d'avenir, tout ça pour enrichir votre tableau de chasse !

MARC : C'est mal me connaître.

CLAIRE : Ah oui ? Dans ce cas dites-moi ce que fait un homme comme vous seul dans un bar à cette heure-ci ?

MARC : Probablement la même chose que vous. Je ne suis pas marié, je n'ai pas d'enfant, très peu d'amis. Bref, je suis seul. Je me *sens* seul. Alors je sors, je fréquente les bars dans l'espoir d'y rencontrer quelqu'un. Quelqu'un qui saura combler ce vide pesant que je ressens chaque jour. Et je crois que c'est votre cas à vous aussi.

Un long silence. On entend toujours le bourdonnement continu de conversations noyées dans une musique feutrée, le bruit régulier de verres entrechoqués et le cliquetis lointain de boules de billard suivi de temps à autre par des applaudissements nourris.

MARC (terminant sa bière) : Est-ce que je peux vous offrir un deuxième soda ?

CLAIRE : Je n'ai pas terminé le premier.

MARC (s'adressant au barman) : Une autre bière, s'il vous plaît.

Nouveau *pschitt !* Nouveau *poc !*

Une gorgée est aspirée.

MARC : Je peux vous poser une question ?

CLAIRE : Je ne garantis pas d'y répondre.

MARC : Vous faites quoi dans la vie ?

CLAIRE : Devinez.

On entend Marc soupirer.

MARC : Vous voulez que je vous laisse tranquille, c'est ça ?

CLAIRE : Vous ne tiendrez pas cinq minutes.

MARC : Je fais quoi, alors ?

CLAIRE : Devinez.

MARC : Infirmière ?

CLAIRE : Non.

MARC : Vétérinaire ?

CLAIRE : Non plus.

MARC : Enseignante ?

CLAIRE : Je n'aurais pas la patience.

MARC (soupir) : Écoutez, je ne sais pas.

CLAIRE : Allez, un peu d'imagination.

MARC : Donnez-moi un indice, au moins.

CLAIRE : Non.

Nouveau soupir.

MARC : Le tatouage que vous portez au poignet, que signifie-t-il ?

CLAIRE : Rien.

MARC : Je ne vous crois pas. Il y a toujours une histoire derrière un tatouage.

CLAIRE : Vous en portez, vous ?

MARC : Oui. Un.

CLAIRE : Où ça ?

MARC : Sur l'avant-bras.

CLAIRE : Je peux le voir ?

On entend Marc relever sa manche.

MARC : C'est un brin de muguet.

CLAIRE : Merci, je sais reconnaître un brin de muguet !

MARC : Il vous plaît ?

CLAIRE : Hum… Je ne sais pas si c'est la lumière tamisée du bar, mais on dirait que l'encre est plus récente sur la partie haute que sur la partie basse.

MARC : Je viens de le faire agrandir. Je trouvais qu'il n'y avait pas assez de clochettes.

CLAIRE : Ah. Et combien il y en a à présent ?

MARC : Onze.

CLAIRE : Pourquoi, onze ?

MARC : C’est un secret.

CLAIRE : Hum. C’est drôle, ça me rappelle une enquête sur laquelle je travaille en ce moment.

Silence.

MARC : Vous… vous êtes flic ?

CLAIRE : Pas exactement. Je travaille pour le Bureau.

On entend Claire fouiller dans sa veste en cuir.

CLAIRE : Agent spécial Claire Francis.

Nouveau silence.

CLAIRE : Ça vous en bouche un coin, n’est-ce pas ?

MARC : Eh bien, disons que… ce n’est pas tous les jours que l’on rencontre une agent du FBI.

CLAIRE : Hum. Je disais donc : je travaille sur une grosse enquête en ce moment. Un tueur en série.

MARC : Un tueur en série ? Quoi, ici ? Dans le New Hampshire ?

CLAIRE : Hum. Un homme, caucasien, à peu près dans vos âges.

MARC : Qu'a-t-il fait ? Je veux dire, combien de personne a-t-il tué ?

CLAIRE : Onze. Comme le nombre de clochettes sur votre brin de muguet. Étonnant, non ? Mais vous savez ce qui est le plus étonnant ? C'est que l'homme en question s'en prend à des femmes. De jeunes femmes, plutôt jolies mais étonnamment seules, le genre à fréquenter les bars un soir comme celui-ci. Il les accoste, leur paie un verre ou deux, discute avec elles en leur sortant son charabia d'usage. Et puis une fois que la brebis se sent en sécurité, il lui propose de terminer la soirée chez lui, dans son nid douillet. Mais la brebis est loin d'imaginer ce qui l'attends. Une nuit d'amour ? Oh ça oui, il compte bien la lui offrir. Après quoi il l'empoisonnera avec sa potion maison concoctée à base de…, comment ça s'appelle, déjà ? Ah oui ! la convallatoxine. Vous en avez déjà entendu parler ?

MARC : La… quoi ?

CLAIRE : La convallatoxine. Elle ralentie le rythme cardiaque jusqu'à l'arrêt du cœur. Et vous savez où en trouve ? Dans le muguet. Incroyable, non ?

Raclement de tabouret.

CLAIRE : Oh c'est inutile, Marcus… Le bâtiment est cerné par mes collègues. Vous ne sortirez pas de ce bar sans métal autour des poignets. Je peux vous appeler Marcus, hein ? C'est comme ça que vous vous appelez ? Marcus Longford ?

MARC : Comment avez-vous fait ?

CLAIRE : Comment j'ai fait, quoi ?

MARC : Comment m'avez-vous trouvé ?

CLAIRE : Hum… Bonne question. Vous aimez les devinettes ?

VOL DE NUIT

On entend le bruit reconnaissable d'un rideau qu'on ferme, puis le craquement boisé d'un petit banc sous le poids d'un corps qui s'assied.

VOIX D'HOMME : Bénissez-moi, mon père, car j'ai péché.

LE PRÊTRE (voix chaude et rassurante) : Le Seigneur est avec vous, mon fils. À quand remonte votre dernière confession ?

LE PÉNITENT : Euh… j'sais pas trop, mon père. C'est p't-être bien la première fois que j'fais ça…

LE PRÊTRE : Dieu accueille et pardonne à quiconque vient à Lui.

LE PÉNITENT : Justement, ce serait sympa s'Il pouvait m'pardonner.

LE PRÊTRE : N'ayez crainte, mon fils. Dieu est pardon et vous écoute dans tout Son amour pour vous.

LE PÉNITENT : Son amour pour moi ?

LE PRÊTRE : Dieu aime chacun de Ses enfants.

LE PÉNITENT : Ouais bah attendez qu'Il apprenne c'que j'ai fait…

LE PRÊTRE : Dieu sait tout, Il voit tout.

LE PÉNITENT : Quoi, vous voulez dire qu'Il est d'jà au courant de c'que j'ai fait ?

LE PRÊTRE : Parfaitement, mon fils.

LE PÉNITENT : À quoi ça sert alors que j'vienne ici ?

LE PRÊTRE : Pour solliciter Son pardon.

LE PÉNITENT : Ah ouais, c'est vrai… Mais j'suis obligé d'vous parler à vous pour qu'Il m'pardonne ?

LE PRÊTRE : Non, mon fils. Vous pouvez vous adresser directement à Lui. Mais si vous êtes venu jusqu'ici, c'est que vous en éprouviez le besoin. C'est Dieu qui a guidé vos pas vers Sa maison.

LE PÉNITENT : Ne l'prenez pas mal, mon père, mais c'est moi qui m'suis guidé tout seul jusqu'ici.

LE PRÊTRE : Et qu'est-ce qui vous a conduit jusqu'ici, mon fils ?

Un temps.

LE PÉNITENT : J'comprends pas trop vot' question, mon père…

LE PRÊTRE : Quelque chose vous a amené vers le repentir.

LE PÉNITENT : Le… quoi ?

LE PRÊTRE : Vous éprouvez des remords envers un acte ou une parole que vous avez commis ou prononcée et vous cherchez à revenir dans la voie que nous a désigné le Seigneur.

Silence.

LE PÉNITENT : Navré, mon père, mais j'pige pas un mot de c'que vous dites…

LE PRÊTRE : Vous êtes venu confesser un péché, mon fils.

LE PÉNITENT : C'est comme ça qu'on dit ?

LE PRÊTRE : Vous êtes venu demander pardon pour soulager votre conscience.

LE PÉNITENT : Et ça marche, vot' truc ?

LE PRÊTRE : La confession apporte un réconfort spirituel, mon fils.

LE PÉNITENT : Qu'est-ce que j'dois dire, alors ?

LE PRÊTRE : Quel péché avez-vous commis ?

LE PÉNITENT : Quoi, j'vous dit c'que j'ai fait, là, comme ça ?

LE PRÊTRE : Le Seigneur vous écoute.

LE PÉNITENT : Ouais, mais vous aussi vous allez entendre…

LE PRÊTRE : Je le dois, mon fils. Autrement, je ne peux vous accorder l'absolution.

Nouveau silence.

LE PÉNITENT : J'ai pas bien compris l'dernier mot, mon père… vous pouvez répéter ?

LE PRÊTRE : Dieu m'a conféré le pouvoir de pardonner toute personne repentante.

LE PÉNITENT : Mais c'est pas Lui qui pardonne, normal'ment ?

LE PRÊTRE : Dieu nous pardonne tous.

LE PÉNITENT : D'accord, mais… Mince, c'est vraiment pas simple à piger vot' truc.

LE PRÊTRE : Confessez-vous, mon fils.

LE PÉNITENT : Attendez, attendez… C'est vrai que tout c'que j'vais dire là-d'dans restera un secret ?

LE PRÊTRE : Le secret de la confession est inviolable, mon fils.

LE PÉNITENT : Inviolable, vous dites ?

LE PRÊTRE : Inviolable.

Une pause.

LE PÉNITENT : Bon, OK. J'me lance. (Il s'éclaircit la gorge.) Alors voilà, mon père, j'ai… j'ai commis un vol.

LE PRÊTRE : Le vol est un péché grave, mon fils.

LE PÉNITENT : Ouais, j'sais bien. C'est pour ça que j'viens vous voir.

LE PRÊTRE : Quel mal vous a poussé à voler, mon fils ?

LE PÉNITENT : J'sais pas, c'est plus fort que moi. Comme une pulsion, voyez ?

LE PRÊTRE : C'est la première fois que vous transgressez le huitième commandement, mon fils ?

LE PÉNITENT : Pas vraiment, mon père.

LE PRÊTRE : Combien ?

LE PÉNITENT : Combien, quoi ?

LE PRÊTRE : Combien de fois avez-vous volé ?

LE PÉNITENT : Ben, j'ai pas trop compté, en fait.

LE PRÊTRE : Pourquoi n'êtes-vous pas venu vous repentir dès votre premier vol ?

LE PÉNITENT : J'sais pas. C'est grave que j'sois pas venu plus tôt ?

LE PRÊTRE : Il n'est jamais trop tard pour demander pardon, mon fils.

LE PÉNITENT : Vous croyez qu'Il est fâché contr' moi ?

LE PRÊTRE : Dieu ne se fâche jamais.

LE PÉNITENT : Z'êtes sûr, mon père ? J'ai entendu dire que certains avaient subi Sa colère…

LE PRÊTRE : Mon fils, vous avez pris conscience de vos péchés. Vous êtes entré dans Sa maison vous repentir. Le Seigneur ne peut être fâché contre vous. Il salue votre volonté. Mais vous devez mériter Son pardon.

LE PÉNITENT : Comment ?

LE PRÊTRE : Confessez-vous, mon fils. Qu'avez-vous volé ? Dites-le-moi.

On entend une longue inspiration.

LE PÉNITENT : Des nains d'jardin, mon père. J'ai volé des nains d'jardin.

LE PRÊTRE : Des nains de jardin ?

LE PÉNITENT : J'sais pas pourquoi, mon père. Dès que j'vois des nains d'jardin, j'ai comme une voix qui m'dit d'les voler. J'm'introduis chez les gens la nuit – enfin, juste dans leur jardin, voyez ? Je saute leur clôture – ou leur portail, ça dépend d'la hauteur – et j'leur chourave leurs nains d'jardin. Puis j'repars.

LE PRÊTRE : Ce n'est pas bien, mon fils.

LE PÉNITENT : Je sais, mon père, je sais. Mais c'est plus fort que moi.

LE PRÊTRE : Combien en avez-vous volé ?

LE PÉNITENT : J'vous l'ai dit, j'ai pas compté…

D'habitude, c'est un ou deux nains d'jardin, trois maximum. Mais hier, mon père, j'crois bien que j'ai dépassé les cornes…

LE PRÊTRE : Les bornes ?

LE PÉNITENT : Ouais, les bornes.

LE PRÊTRE : Racontez-moi.

LE PÉNITENT : Eh ben voilà : hier matin, j'revenais d'la poste. J'avais une carte à poster, voyez ? Pour l'anniversaire d'ma nièce. Six ans, la p'tite. J'redescends la rue Sainte Martine, et là, paf ! j'reste figé devant la maison d'Dame Bradier. D'habitude, j'vois pas c'qui y'a dans son jardin. J'passe devant sans m'arrêter, voyez ? Mais là, le p'tit portail était ouvert. Et qu'est-ce que j'aperçois sur la pelouse : un nain d'jardin ! Vous imaginez bien dans quel état j'suis à c'moment-là, mon père. Du coup, plus fort que moi, j'décide d'revenir cette nuit. Devait être trois heures. J'saute le p'tit portail, hein, et là, le drame… J'me retrouve nez à nez devant une tripotée d'nains. J'savais pas moi que Dame Bradier elle en avait autant des nains d'jardin ! J'en avais vu qu'un seul par le p'tit portail !

LE PRÊTRE : Combien y en avait-il ?

LE PÉNITENT : Onze, mon père ! Onze nains d'jardin, vous imaginez ? Et là, croyez-moi, j'les ai compté !

LE PRÊTRE : Qu'avez-vous fait ensuite, mon fils ?

LE PÉNITENT : Bah j'les ai tous embarqué.

LE PRÊTRE : Tous ?

LE PÉNITENT : Ben ouais ! C'est plus fort que moi, j'vous dis.

LE PRÊTRE : Qu'avez-vous fait de tous ces nains ?

LE PÉNITENT : J'leur ai rendu leur liberté.

LE PRÊTRE : C'est-à-dire ?

LE PÉNITENT : J'les ai déposé en forêt.

LE PRÊTRE : En forêt ? Pourquoi donc, en forêt ?

LE PÉNITENT : Bah c'est là qu'ils vivent, non ?

Silence.

LE PRÊTRE : Écoutez, mon fils, je vous en conjure,

rapportez ces nains de jardin où vous les avez pris.

LE PÉNITENT : C'est facile à dire, ça, mon père… J'sais plus trop où j'les ai mis, moi.

LE PRÊTRE : Mon fils, vous venez de me dire que vous les avez déposés en forêt.

LE PÉNITENT : Ouais mais c'est super grand une forêt, mon père !

LE PRÊTRE : Vous ne vous souvenez plus de l'endroit exact ?

LE PÉNITENT : Ben nan.

LE PRÊTRE : Comment cela se fait-il ?

LE PÉNITENT : J'vous l'ai dit, mon père, les nains d'jardin ont une emprise sur moi. J'me souviens d'les avoir volés, puis emmenés en forêt, mais j'suis incapable d'me rappeler c'qui s'est passé ensuite. J'sais même pas comment j'suis rentré chez moi cette nuit. Vous croyez qu'ils m'ont envoûté, mon père ?

LE PRÊTRE : Seigneur ! Surveillez vos paroles.

LE PÉNITENT : Quoi, qu'est-ce que j'ai dit ?

LE PRÊTRE : La sorcellerie n'a pas sa place dans la maison de Dieu.

LE PÉNITENT : Qu'est-ce que j'dois faire alors ?

LE PRÊTRE : Retrouvez donc ces nains de jardin et rapportez-les là où vous les avez pris.

LE PÉNITENT : Juste les onze de cette nuit ?

LE PRÊTRE : Non, tous ceux que vous avez volés jusqu'à aujourd'hui.

LE PÉNITENT : Z'êtes marrant, vous… Comment j'vais faire pour tous les retrouver ?

LE PRÊTRE : C'est la seule façon de vous mettre en paix avec le Seigneur.

LE PÉNITENT : Bah mince, moi qui croyais qu'il suffisait d'avouer ses péchés pour être pardonné…

LE PRÊTRE : Vous réciterez également le rosaire une fois par jour pendant un mois.

LE PÉNITENT : Le… quoi ?

LE PRÊTRE : Rapporter ce que vous avez dérobé et réciter le rosaire sera votre pénitence.

LE PÉNITENT : Euh, j'peux pas juste rapporter les nains ?

LE PRÊTRE : Telle est la volonté du Seigneur.

LE PÉNITENT : Mouais… Ce serait pas plutôt la vot' de volonté, mon père ?

LE PRÊTRE : N'oubliez pas que le vol est un péché grave, mon fils. Aux yeux du Seigneur, comme aux yeux des hommes.

LE PÉNITENT : Attendez, j'croyais que rien pouvait sortir d'ici ? Et vot' truc inviolable, alors ?

LE PRÊTRE : Je suis tenu par le secret de la confession, mon fils, soyez-en sûr. Mais cc n'cst ccrtaincmcnt pas le cas des hommes. Imaginez qu'une personne vous surprenne en train de dérober ses nains de jardin. Que vous arrivera-t-il ensuite ? Croyez-vous que le Seigneur vous pardonne si vous continuez ainsi ?

Long silence.

LE PRÊTRE : M’avez-vous entendu, mon fils ?

LE PÉNITENT : Oui bon, OK, d’accord… j’vais essayer d’les retrouver. Par contre, mon père, j’suis pas bien sûr d’me souvenir quel nain va dans quel jardin. J’risque d’les mélanger, voyez ?

LE PRÊTRE : Le Seigneur vous guidera.

LE PÉNITENT : Comment ?

LE PRÊTRE : N’abandonne pas Dieu, si tu ne veux pas qu’Il t’abandonne.

LE PÉNITENT : Et si les nains s’en prennent encore à moi, qu’est-ce que j’fais ?

LE PRÊTRE : N’ayez crainte, mon fils. Les nains de jardin ne vous feront aucun mal.

LE PÉNITENT : Mouais… J’aimerais bien vous y voir, tiens.

PROJET PERSONNALISÉ

FEMME : Après vous…

HOMME : Merci.

Une porte claque.

FEMME : Asseyez-vous, je vous en prie.

HOMME : Merci.

On entend une chaise de réunion gémir sous le poids d'un corps, puis une autre presque aussitôt.

FEMME : Je commençais à croire que vous ne viendriez pas à notre entretien, M. Paul.

HOMME : Richard.

FEMME : Pardon ?

HOMME : M. Richard. « Paul », c'est mon prénom.

FEMME : Ah…

RICHARD : Oui.

FEMME : Au temps pour moi.

RICHARD : Ça arrive.

FEMME : Donc, M. Richard, sans doute un problème de transport ? Nous avions rendez-vous à 13 heures.

RICHARD : Ah mais j'étais là à 13 heures, madame. J'étais même là à moins le quart. Ça fait une heure que je poireaute à l'accueil.

FEMME : Une heure ?

RICHARD : Oui.

FEMME : Pourquoi n'ai-je pas été prévenue plus tôt de votre arrivée ?

RICHARD : Eh bien probablement parce que votre

gentille stagiaire à l'accueil a oublié d'enregistrer ma présence sur son ordinateur.

FEMME : Ah…

RICHARD : Oui.

FEMME : Bon, le plus important, c'est que vous soyez là.

RICHARD : J'en conviens.

FEMME : Donc, nous allons d'abord faire un point sur votre situation, puis nous définirons ensemble les actions à engager dans le cadre de votre projet personnalisé d'accès à l'emploi.

RICHARD : Le fameux PPAE ?

FEMME : C'est ça. Vous avez apporté votre curriculum vitae ?

RICHARD : Bien sûr.

On entend claquer les élastiques d'une pochette cartonnée, puis le bruit d'une feuille de papier qu'on en sort.

RICHARD : Voilà.

FEMME : Merci. Accordez-moi juste un instant, le temps pour moi d'ouvrir votre dossier dans l'ordinateur.

On entend le cliquetis des touches d'un clavier et les *clics !* d'une souris.

FEMME : Alors, voyons voir… M. Paul Richard.

RICHARD : Oui.

FEMME : Vous êtes à la recherche d'un emploi depuis maintenant deux ans.

RICHARD : Le temps passe.

FEMME : Hmm. Votre dernier entretien remonte au 10 janvier. Qui était votre conseiller ce jour-là ?

RICHARD : Euh, bonne question. C'est pas le même à chaque fois alors…

FEMME : Quel plan d'actions avez-vous élaboré avec lui, ou avec elle ?

RICHARD : Un… plan d'actions ?

FEMME : Oui. Vous avez dû formaliser ensemble une stratégie de mise en œuvre d'un projet réaliste au regard de vos compétences, par rapport au marché du travail, et prenant en compte vos aspirations.

RICHARD : Euh…

FEMME : Quelles étaient vos opérations concrètes à conduire pour atteindre votre cible professionnelle ?

RICHARD : C'est pas indiqué dans mon dossier, ça ?

On entend le grincement d'un écran d'ordinateur qui pivote.

FEMME : Regardez, M. Richard. Vous voyez cette case « Action d'aide à la réalisation de projet » ? Votre conseiller est censé sélectionner le type d'action à effectuer.

RICHARD : Oui.

FEMME : Cette action figure sur votre document de synthèse de CEP. Vous l'avez ?

RICHARD : « CEP » vous dites ?

FEMME : Conseil en évolution professionnelle.

RICHARD : Non… j'ai pas ça sur moi.

FEMME : Qu'étiez-vous censé faire entre votre entretien du 10 janvier et celui-ci ? Quelle était votre mission ?

RICHARD : Ma mission ?

FEMME : Hmm.

RICHARD : Bah… trouver un emploi.

FEMME : Évidemment, c'est le but de tout demandeur. Mais à part ça, que deviez-vous faire d'autre ?

RICHARD : Madame, je ne me souviens pas avoir été missionné par mon conseiller pour faire quoi que soit d'autre que chercher un travail… Et puis de toute manière, je vais devoir vous réexpliquer ma situation. C'est comme ça chaque fois que je viens ici. Un entretien, un nouveau conseiller. Je commence à avoir l'habitude.

FEMME : Bien, dans ce cas, expliquez-moi.

RICHARD : Alors voilà…

FEMME : Attendez… Juste un instant. Quel emploi recherchez-vous déjà ?

Bruit de feuille en papier. Silence. Puis :

FEMME (surprise) : Marionnettiste ?

RICHARD : Oui.

FEMME : Vous êtes marionnettiste ?

RICHARD : Oui.

FEMME : Et vous recherchez un emploi de…

RICHARD : … marionnettiste. Oui.

Nouveau silence.

FEMME (confuse) : Pardonnez-moi, M. Richard, mais… c'est la première fois que j'ai face à moi un marionnettiste.

RICHARD : Oui, on me le dit à chaque fois. On me

répète aussi qu'aucune offre d'emploi ne correspond à ce que je recherche.

FEMME : En même temps, M. Richard, reconnaissez que ce n'est pas le métier le plus commun.

RICHARD : J'en conviens.

FEMME : Et donc, vous… vous manipulez des marionnettes ?

RICHARD : Oui.

FEMME : Celles avec des fils ?

RICHARD : On appelle ça des fantoches.

FEMME : Ah…

RICHARD : Oui.

FEMME : Et j'imagine que vous en faites des spectacles ?

RICHARD : Pas en ce moment, voyez-vous.

FEMME : Ah oui, pardon…

Un temps.

FEMME : Vous n'avez plus pratiqué depuis deux ans, donc ?

RICHARD : Rien qui paie en tout cas.

FEMME : Hmm. Vous faisiez partie d'une troupe, à ce que je vois.

RICHARD : La Onzième compagnie.

FEMME : Pardon ?

RICHARD : C'est le nom de la troupe. Enfin, c'était.

FEMME : Que s'est-il passé ?

RICHARD : C'est une longue histoire. Vous avez le temps ?

FEMME : Pas vraiment, non. J'ai un autre entretien après vous. Et comme vous êtes arrivé en retard…

RICHARD : J'étais là en avance !

FEMME : Bien sûr, oui. Excusez-moi.

Cliquetis de clavier. *Clics !* de souris.

FEMME : Donc… euh… Écoutez, M. Richard, malheureusement, je ne vais pas pouvoir faire grand-chose pour vous, aujourd'hui, j'en ai peur.

RICHARD : Oui.

FEMME : Votre métier relève du statut des intermittents, je ne vais pas avoir moult emploi à vous proposer, en particulier dans le domaine des… marionnettes.

RICHARD : J'en conviens.

FEMME : En revanche, ce que je peux vous proposer, c'est une reconversion professionnelle dans le secteur du numérique ou du prêt-à-porter.

RICHARD : Je vous demande pardon ?

FEMME : Nous avons de nombreuses offres d'emploi dans ces deux domaines. Je peux par exemple vous inscrire dans une formation de trois mois aux métiers du numérique. Formation qui débouchera automatiquement sur la signature d'un CDI. Qu'en pensez-vous ?

Silence.

FEMME : M. Richard ?

RICHARD : C'est une blague, n'est-ce pas ?

FEMME : Je ne me permettrais pas, M. Richard. Sachez simplement que le secteur du numérique embauche trois fois plus que les autres secteurs. Avec une formation, vous êtes assuré de trouver un emploi.

RICHARD : Mais je suis marionnettiste, pas informaticien !

FEMME : Je sais, M. Richard, mais actuellement les offres d'emploi pour marionnettiste sont inexistantes. De plus, je n'ai pas la preuve, ici, que vous recherchez un emploi dans ce domaine.

RICHARD : Attendez… Expliquez-moi comment je peux vous fournir une preuve tant que je n'ai pas signé de contrat ? Je suis intermittent du spectacle, madame, je vis au rythme des CDD. Je cherche, je trouve, je signe. Je ne trouve pas, je continue de chercher. Vous voulcz quoi ? Que je demande une lettre sur l'honneur à chacune des personnes à qui je propose mes services ? Et comment je fais lorsque les discussions se déroulent par téléphone ? Hein ? Je dois vous montrer mon journal d'appel pour prouver ma bonne foi ?

FEMME : Non, M. Richard. Vous devez simplement candidater aux offres disponibles sur notre site internet.

RICHARD : Mais il n'y a aucune offre de marionnettiste sur votre site !

FEMME : C'est la raison pour laquelle je vous propose une reconversion aux métiers du numérique.

RICHARD : Mais j'en ai rien à faire de vos métiers du numérique ! Je suis marionnettiste !

FEMME : M. Richard, si vous voulez continuer à percevoir vos indemnités…

RICHARD : Je ne touche pas d'indemnités, madame. Je n'y ai pas droit parce que je ne justifie pas d'une durée d'affiliation ou de travail suffisante, figurez-vous.

FEMME : Comment faites-vous pour vivre sans revenus ?

RICHARD : Je me débrouille avec mon RSA.

FEMME : M. Richard, si vous refusez les offres raisonnables d'emploi que nous vous proposons, vous risquez d'être radié de la liste des demandeurs.

RICHARD : Pardon ?

FEMME : Cette décision sera transmise au Président du Conseil Départemental qui pourra décider d'interrompre le versement de votre RSA.

RICHARD : Nan mais je rêve ! On est quoi au juste pour vous ? Hein ? De simples numéros dans un fichier informatique ? Des numéros qu'il faut effacer au plus vite pour faire baisser la courbe du chômage, c'est ça ? Rappelez-moi votre rôle, ici ? Conseillère ? Mais vous me conseillez quoi au juste ? Une reconversion professionnelle ? Mais pour qui ? Pour vous ou pour moi ? Vous souhaitez réellement m'aider ou vous espérez juste me refiler le premier emploi venu pour faire grimper vos statistiques ?

FEMME : M. Richard…

RICHARD : Oui, je sais… ce n'est pas votre faute, vous ne faites qu'appliquer les directives. Mais je peux vous poser une question ? Dans vos convocations, il est indiqué : Cet entretien est indispensable dans le cadre de votre projet personnalisé d'accès à l'emploi. Mais en quoi nos projets sont-ils « personnalisés » ? Hein ? Vous proposez à tous les demandeurs d'emploi une reconversion dans les secteurs du numérique ou du prêt-à-porter, bref, là où vous avez des offres. Je n'appelle pas ça personnaliser un projet.

FEMME : Nous faisons de notre mieux.

RICHARD : Permettez-moi d'en douter. Votre rôle est de remplir des cases dans un fichier, ni plus ni moins. Vous avez un cahier des charges à respecter, en dévier serait une entorse au règlement et vous vaudrait un rappel à l'ordre. Je me trompe ?

FEMME : Qu'attendez-vous de moi, M. Richard ?

RICHARD : Un minimum de considération ! Mon père était marionnettiste. Mon grand-père était marionnettiste. J'ai grandi avec les marionnettes. Je ne connais que ça. Alors vous serez gentille de ne pas m'imposer vos plates reconversions et vos promesses de CDI. Je suis marionnettiste et je trouverai le moyen d'exercer mon métier.

FEMME : Et si vous ne trouvez pas, M. Richard ?

RICHARD : Je trouverai.

Après un silence, nous entendons de nouveau le cliquetis des touches d'un clavier et les *clics !* réguliers d'une souris d'ordinateur. Un bip électronique, le *clac !* d'une imprimante. On entend la machine ronronner et le bruit reconnaissable d'une feuille qui en sort.

FEMME (ton calme) : Voici la conclusion de notre échange, M. Richard. En bas de la page, vous trouverez une liste des aides que nous mettons à la disposition des demandeurs sur notre site internet. Je vous invite à y jeter un œil.

RICHARD : Hmm.

FEMME : Dans la case « Action d'aide à la réalisation de projet », j'ai sélectionné…

RICHARD : Ne vous en faites pas, j'ai l'habitude.

FEMME : Bien, dans ce cas, je crois que nous avons fait le tour. Avez-vous d'autres questions, M. Richard ?

RICHARD : J'en ai une, oui.

FEMME : Je vous écoute.

RICHARD : Aviez-vous déjà entendu parler de la Onzième compagnie avant aujourd'hui ?

FEMME : Non, je regrette.

RICHARD : Hmm, je comprends. Plus personne ne s'intéresse aux marionnettes de nos jours. Ce qui est assez ironique, vous ne trouvez pas ?

FEMME : Pourquoi cela ?

RICHARD : Réfléchissez… Au fond, que sont les hommes si ce n'est des marionnettes ?

AURORE ET MÉLANIE

On entend le grondement régulier d'un moteur de voiture.

De temps à autre, les plaintes d'un embrayage qu'on maltraite.

Très discrète, la musique d'une chanson pop s'échappant d'un poste de radio.

AURORE : Qu'est-ce que tu lis ?

MÉLANIE : *La Longue route* de Bernard Moitessier.

AURORE : Tu te fiches de moi ?

MÉLANIE : Quoi, tu connais ?

AURORE : Non, mais j'ai comme l'impression que ton livre nous as porté la poisse…

MÉLANIE : Arrête, Aurore… c'est pas ma faute si ça bouchonne.

AURORE : Peut-être que si tu avais choisi un livre comme « route sans bouchon » ou « voyage sans encombre », on ne serait pas coincé dans les embouteillages depuis deux heures.

MÉLANIE : Alors primo, « route sans bouchon » et « voyage sans encombre » feraient de très mauvais titres de livres. Deuzio, je t'ai dit et répété qu'il valait mieux partir demain matin, qu'on aurait forcément du monde sur la route ce soir.

AURORE : J'étais loin d'imaginer que tout le monde ferait le pont le week-end de l'ascension.

MÉLANIE : Tu espérais surtout passer une nuit de plus au château.

AURORE : Pas toi ?

MÉLANIE : Trois nuits, c'était amplement suffisant, non ?

Un temps.

AURORE : Tu te rends compte quand même que Sabrina a réservé un château du XIXème siècle pour son mariage ?

MÉLANIE : Tu remercieras son futur mari.

AURORE : Pourquoi ?

MÉLANIE : D'où vient l'argent selon toi ? Tu crois que la famille de Sabrina avait les moyens de réserver un château tout entier pour accueillir une cinquantaine de convives quatre jours de suite ?

AURORE : N'empêche qu'on va en profiter une nuit de plus.

On entend le bruit d'un moteur qui accélère timidement puis le grincement de plaquettes de freins.

AURORE : Il raconte quoi ton livre ?

MÉLANIE : Le périple de Bernard Moitessier durant le Golden Globe Challenge de 1968.

AURORE : Le « Golden Globe Challenge » ?

MÉLANIE : La première course à la voile autour du monde en solitaire et sans escale. L'ancêtre du Vendée Globe en quelque sorte.

AURORE : Et c'est bien ?

MÉLANIE : Plutôt, oui. (Elle marque un temps avant de reprendre sur un ton rêveur.) T'aimerais pas, toi, participer au Vendée Globe, un jour ?

AURORE : Non, pas vraiment.

MÉLANIE : J'aimerais bien, moi.

AURORE : T'es sérieuse ?

MÉLANIE : Bien sûr. Parcourir le monde à travers les océans, ça fait rêver, non ?

AURORE : N'oublie pas que c'est une course. Et puis combien ça coûte un… C'est quoi déjà les voiliers qu'ils utilisent ?

MÉLANIE : Des monocoques.

AURORE : Ouais, voilà. Ça doit pas être donné ces machins… Sans compter l'entretien, les réparations. Et puis l'assurance, aussi.

MÉLANIE : Ça va, c'est bon, j'ai compris. T'as vraiment le don de casser les rêves, toi.

AURORE : Je suis réaliste, c'est différent.

Nouveaux bruits de moteur et de freins.

MÉLANIE : Tiens, et si on jouait à un jeu ?

AURORE : Quel genre de jeu ?

MÉLANIE : Chacune notre tour, on doit citer un titre de livre contenant le mot « route ».

AURORE (soupir) : Mélanie, tu sais très bien que je ne retiens jamais les titres, ni ceux des livres ni ceux des films.

MÉLANIE : Allez… Je suis sûre que tu peux en trouver quelques-uns.

AURORE : Non ! Et puis de toute façon, tu en connaîtras forcément plus que moi.

MÉLANIE : Pas nécessairement.

AURORE : C'est ça. Je parie que tu es capable de m'en citer au moins dix ?

MÉLANIE : Dix livres avec le mot « route » dans le titre ?

AURORE : Ouais.

MÉLANIE : Je gagne quoi si je réussis ?

AURORE (elle réfléchit) : Une maquette de voilier à construire.

MÉLANIE : Ah, ah. Très drôle.

AURORE : Oh, ça va, je plaisante. Je te paierai un resto.

MÉLANIE : Un bon resto ?

AURORE : Un bon resto.

MÉLANIE : OK, vendu. Dix livres, hein ?

AURORE : Dix livres.

MÉLANIE : OK, alors… *Sur la route* de Jack

Kerouac. Un classique. *Route des Indes* de Forster. Autre classique. Ah ! *Sur la route de Madison* de Robert James Waller. Celui-ci, par exemple, tu aurais pu le trouver. On a vu le film, la semaine dernière.

AURORE : Sur la route de… quoi ?

MÉLANIE : De Madison ! Avec Clint Eastwood et Meryl Streep !

AURORE : Ah oui, je me souviens. En plus, j'adore Meryl Streep. Elle est fabuleuse dans ce film.

MÉLANIE : Meryl Streep est *toujours* fabuleuse. (Elle marque un temps.) J'en suis à combien ?

AURORE : Trois.

MÉLANIE : OK. Donc, ensuite… *La Route des Flandres*, Claude Simon. *La Route de Los Angeles*, John Fante. *La route au tabac*, Erskine Caldwell.

AURORE : Bon sang, mais comment tu fais pour retenir tous ces noms ?

MÉLANIE : J'ai une bonne mémoire.

AURORE : Je le savais déjà, mais à ce point, c'est effrayant.

MÉLANIE : J'en suis à combien ?

AURORE : Euh, avec ces trois-là, ça fait six.

MÉLANIE : Plus que quatre, alors.

AURORE : Interdiction de citer celui que tu es en train de lire !

MÉLANIE : Évidemment. (Elle réfléchit). *La Route du retour* de Jim Harrison. (Elle réfléchit encore.) *Un tueur sur la route* de James Ellroy.

AURORE : Une chance que tu n'aies pas emmené celui-ci.

MÉLANIE : *Route 666*, mais je ne me souviens pas de l'auteur.

AURORE : Ça existe ça ?

MÉLANIE : Bien sûr.

AURORE : N'essaie pas d'inventer des titres sous

prétexte que je n'en connais aucun.

MÉLANIE : Pas du tout ! Comment il s'appelle déjà, l'auteur ? Ah oui, Zelazny. Roger Zelazny. Mais ce n'est pas le titre d'origine, je crois.

AURORE : C'est quoi le titre d'origine ?

MÉLANIE : *Les culbuteurs de l'enfer*, quelque chose comme ça.

AURORE : Ah bah super… Si on a un problème de moteur, je saurai d'où ça vient.

MÉLANIE : On le prend en compte ou pas ?

AURORE : De toute manière, tu finiras bien par en trouver un autre à la place.

MÉLANIE : OK. Plus qu'un, alors ?

AURORE : Plus qu'un.

MÉLANIE : Dans ce cas, je dirais… *Route pour l'enfer* de Craig Holden.

AURORE : Non mais ça va, oui ?

MÉLANIE : Quoi ?

AURORE : « Le tueur de la route », « Route 666 » et maintenant « Route pour l'enfer ». Tu vas bien finir par nous porter la poisse avec tes titres sataniques !

MÉLANIE : En tout cas, ça fait dix. Onze, si on inclut *La Longue route* !

AURORE : En parlant de longue route, je commence à en avoir ma claque de ces bouchons. Regarde dans la boîte à gants, il doit y avoir une carte routière.

On entend Mélanie ouvrir la boîte à gants et fouiller à l'intérieur.

MÉLANIE : Celle-ci ?

AURORE : Ouais. Essaie de voir si on ne peut pas prendre une autre route.

Froissement d'une carte que l'on déplie.

MÉLANIE : Alors, voyons voir… On est où déjà ?

AURORE : Sur la A64. On vient de dépasser Saint-Gaudens.

MÉLANIE : Saint-Gaudens… Saint-Gaudens… Ah, c'est là.

Nouveau froissement.

MÉLANIE : Heu…

AURORE : Quoi ?

MÉLANIE : Aurore, on ne sera jamais à Perpignan pour 20 h 30.

AURORE : Je sais, je sais. T'appelleras Sabrina pour la prévenir qu'on sera en retard. D'abord, trouve-moi une autre route pour éviter de passer par Toulouse.

MÉLANIE : Une autre route… On peut couper par la D117. Elle mène directement à Perpignan.

AURORE : Parfait ! Quelle sortie ?

MÉLANIE : Sortie 20.

AURORE : OK. Maintenant appelle Sabrina et dis-lui de ne pas nous attendre pour le repas.

MÉLANIE : Quelle heure je lui dis à la place ?

AURORE : Comment veux-tu que je le sache ? On n'est même pas encore sorti de l'autoroute…

Plus tard, sur la D117.

AURORE : Fait chier !

MÉLANIE : Quoi ?

AURORE : Il commence à faire nuit.

MÉLANIE : Et alors ?

AURORE : Tu sais bien que je déteste conduire la nuit…

MÉLANIE : Sauf qu'on n'est pas encore arrivées à Perpignan.

AURORE : Tant pis. On s'arrête.

MÉLANIE : Hein ?

AURORE : On va se trouver un hôtel. On arrivera à Perpignan demain.

MÉLANIE : Mais Aurore…

AURORE : Quoi ? Tu veux prendre le volant ? Ah non, c'est vrai, madame n'a pas le permis.

MÉLANIE : C'est petit ça, Aurore.

AURORE (long soupir) : Je ne comprendrais jamais pourquoi tu refuses de passer ton permis.

MÉLANIE : J'ai un permis bateau, c'est tout ce qui compte pour moi.

AURORE : C'est vrai que Biarritz-Perpignan en bateau, c'est très pratique !

MÉLANIE : Je te rappelle que je voulais prendre le train ! C'est toi qui as insisté pour prendre ta voiture, en sachant très bien que tu serais seule à la conduire.

AURORE : Tiens, demande au vieux monsieur assis sur le banc, là.

MÉLANIE : Quoi ?

AURORE : Demande-lui où on peut trouver un hôtel.

On entend la voiture freiner et s'arrêter au bord de la route, puis le couinement d'une vitre qu'on abaisse.

MÉLANIE : Euh, excusez-moi, monsieur…

VIEIL HOMME : Bonsoir, mesdemoiselles.

MÉLANIE : Bonsoir. Sauriez-vous où on peut trouver un hôtel pour la nuit ?

VIEIL HOMME : Un hôtel, vous dites ?

MÉLANIE : Oui.

VIEIL HOMME : Vous en avez un à l'entrée d'Havernes, à deux kilomètres d'ici. « Les Marcassins » qu'il s'appelle. Sinon, descendez plus bas dans le centre-ville. Mais c'est pas donné, je vous préviens.

MÉLANIE : D'accord. Merci beaucoup, monsieur.

VIEIL HOMME : Pas de quoi. Faites gaffe à vous quand même.

MÉLANIE : Pourquoi ?

VIEIL HOMME : Vous êtes pas au courant ?

MÉLANIE : Au courant de quoi ?

VIEIL HOMME : Y'a un tueur en série qui rôde dans la région.

Silence.

VIEIL HOMME : Je l'ai encore lu dans le journal, ce matin. Trois victimes qu'il en est le gars, vous imaginez ?

Nouveau silence.

VIEIL HOMME : Les journalistes l'appellent le « singe meurtrier ». J'ai pas trop compris pourquoi, m'enfin.

MÉLANIE (voix serrée) : OK, on va… on va faire attention alors.

VIEIL HOMME : Ouais. Mais vous inquiétez pas, vous risquez rien.

MÉLANIE : Ah… et pourquoi cela ?

VIEIL HOMME : Vous êtes pas du coin, pas vrai ?

MÉLANIE : Non…

VIEIL HOMME : Alors vous risquez rien. Paraît que le gars s'en prend qu'aux havernois.

MÉLANIE : Ah. (Elle marque une pause.) Eh bien… merci de nous avoir prévenu.

VIEIL HOMME : Pas de quoi.

MÉLANIE : Aurevoir, monsieur.

VIEIL HOMME : Belle soirée à vous, mesdemoiselles.

Couinement de vitre. Moteur qui démarre. Silence. Puis :

MÉLANIE : Quoi ? Pourquoi tu me regardes comme ça ?

AURORE : J'ai pas dit que t'allais nous porter la poisse avec tes titres de livres sataniques ?

MÉLANIE : Mais arrête, j'ai porté la poisse à personne ! C'est que des conneries tout ça. Il n'y a aucun tueur en série dans la région. Le vieux nous a dit ça pour nous faire peur. Il a vu qu'on était deux jeunes filles, seules, il a voulu s'amuser avec nous, c'est tout.

AURORE : Tu y as quand même cru un peu, avoue ?

MÉLANIE : Pas une seconde.

AURORE : Menteuse ! J'ai entendu ta voix frissonner !

MÉLANIE : Frissonner ? Non mais ça va pas bien, toi ! T'as vraiment besoin qu'on s'arrête !

AURORE (elle glousse) : C'est quoi le nom de l'hôtel, déjà ?

MÉLANIE : Les Marcassins.

AURORE : OK. J'espère qu'ils ont un service de chambre. Je meurs de faim !

MÉLANIE : Ah non, hors de question ! On ira se payer un bout en ville. Je te rappelle que tu me dois un resto. Et un bon resto !

DESTINATION

On entend le *ding !* d'un ascenseur puis le bruit métallique des portes qui s'ouvrent.

FEMME : Vous descendez ou vous montez ?

LE LIFTIER : Selon vos besoins, madame.

FEMME : Je descends.

On entend le claquement de talons hauts s'introduire dans la cabine, accompagné par le couinement des roulettes d'une valise.

LE LIFTIER : Quel étage, madame ?

FEMME : Le hall d'accueil, s'il vous plaît.

Le *clic !* d'un bouton qu'on actionne ; le grincement métallique des portes qui se referment.

Après un temps, nous entendons une série de déclics électroniques, puis le choc sourd d'un ascenseur qui s'arrête brusquement.

FEMME (inquiète) : Que se passe-t-il ?

LE LIFTIER : Une panne de courant, madame.

FEMME : Allons bon.

LE LIFTIER : Que madame se rassure, nous disposons de générateurs de secours. L'ascenseur va redémarrer très vite.

Après une minute :

FEMME : Vous êtes sûr qu'ils vont se déclencher vos générateurs de secours ?

LE LIFTIER : Cela prend parfois du temps, madame.

On entend un soupir.

LE LIFTIER : Madame est-elle claustrophobe ?

FEMME : Non, mais j'ai un avion à prendre.

LE LIFTIER : À quelle heure décolle l'avion de madame ?

FEMME : 14 h 15.

LE LIFTIER : Vol intérieur ou international ?

FEMME : International.

LE LIFTIER : Nous allons mettre un chauffeur à la disposition de madame afin de nous excuser de la gêne occasionnée.

FEMME : C'est gentil mais j'ai déjà commandé un taxi.

LE LIFTIER : Au souhait de madame.

Un long silence.

LE LIFTIER : Quelle est la destination de madame ?

FEMME : Je vous demande pardon ?

LE LIFTIER : Le vol de madame ?

FEMME : Ah… Los Angeles.

LE LIFTIER : Puis-je demander ce qui attend madame dans la cité des anges ?

FEMME : Je rentre chez moi.

LE LIFTIER : Oh, je vois. Qu'est-ce qui nous a valu la visite de madame à Sydney dans ce cas ?

FEMME : Séminaire d'entreprise.

LE LIFTIER : Et dans quelle entreprise travaille madame ?

FEMME (ton blasé) : Une société d'import-export.

LE LIFTIER : Madame ne semble pas très enchantée en disant cela.

FEMME : Eh bien, on ne peut pas dire que ce soit l'extase tous les jours, voyez-vous.

LE LIFTIER : Pourquoi madame ne change-t-elle pas de métier si celui-ci l'incombe ?

FEMME (léger soupir) : Pour faire quoi à la place ?

LE LIFTIER : Madame a forcément une passion, un rêve, quelque chose qui pourrait l'épanouir ?

FEMME : Vous vous sentez épanoui, vous ?

LE LIFTIER : Dans mon travail ?

FEMME : Dans la vie, de manière générale.

LE LIFTIER : Je crois, oui.

FEMME : Vous croyez, mais vous n'êtes pas sûr.

LE LIFTIER : Eh bien, j'ai un toit pour dormir, une femme merveilleuse, un métier qui paie bien.

FEMME : Vous n'avez pas d'enfant ?

LE LIFTIER : Ma femme et moi ne pouvons en avoir, malheureusement.

FEMME : Oh, désolée.

LE LIFTIER : Non, non, madame n'y est pour rien. C'est comme ça. Le destin en a décidé ainsi.

FEMME : Vous croyez au destin ?

LE LIFTIER : Chaque seconde qui passe, madame.

FEMME : Et vous pensez que nous, les hommes comme les femmes, sommes destinés à travailler toute notre vie pour… pour quoi finalement ? Vivre bien ? Vivre heureux ? (Soupir.) J'ai du mal à croire que nos journées métro-boulot-dodo puissent nous rendre heureux d'une quelconque manière, voyez-vous. (Elle marque une pause.) Je vais vous dire, parfois, je ressens cette envie viscérale de tout abandonner. Quitter mon travail, ma maison. Partir seule, sur une île déserte, loin de toute cette folie qui nous entoure.

LE LIFTIER : Madame ne craindrait-elle pas de se sentir… trop seule ?

FEMME : Je le suis déjà, seule. Pas de mari, pas d'enfant, pas de chien ni de chat. Même pas un poisson.

LE LIFTIER : Madame a bien une famille, des amis ?

FEMME : Pensez-vous ! La plupart de vos proches ne prennent jamais de vos nouvelles. Et si vous n'en demandez pas, personne ne vous en donne. À croire que chacun se fiche de savoir comment vont les autres. Tout le monde vit dans son petit monde à lui, sans se soucier des gens qui les entourent. Sauf qu'on vit tous sur la même planète, non ? Il serait bon de ne pas l'oublier.

LE LIFTIER : Je peux être l'ami de madame, si elle le souhaite.

FEMME (elle pouffe) : Voyons, on ne se connaît que depuis cinq minutes… Une fois que j'aurai quitté cet ascenseur, nos vies s'éloigneront de nouveau et chacun n'entendra plus jamais parler de l'autre.

LE LIFTIER : Que madame pardonne ma rudesse, mais elle ne peut prédire une telle chose.

FEMME : Quoi donc ? Que nos vies ne se recroiseront jamais ?

LE LIFTIER : Cela même.

FEMME : Permettez-moi d'en douter.

LE LIFTIER : Quelle était la probabilité que je rencontre madame, aujourd'hui ?

FEMME : Faible.

LE LIFTIER : Et pourtant, aussi faible une probabilité soit-elle, elle existe.

FEMME : C'est ce que vous appelez le destin ?

LE LIFTIER : Que madame appelle ça comme elle le souhaite.

FEMME : Hmm. Et si je rate mon avion, c'est aussi à mettre sur le compte du destin ?

LE LIFTIER : J'aime à croire que oui. (Il marque un temps.) Peut-être que la panne de notre ascenseur est pour madame un mal pour un bien.

FEMME : Un mal pour un bien ?

LE LIFTIER : Précisément. Peut-être que rater son avion est la destinée de madame, que cela lui offrira la nouvelle vie qu'elle recherche.

FEMME : Et qui vous dit que l'inverse ne fait pas aussi partie de ma destinée ? Que monter dans cet avion ne changera pas ma vie à tout jamais ?

LE LIFTIER : Nul ne le sait, madame. N'est-ce pas là le principe même de la vie ?

Long silence.

FEMME : Dites, vous penserez à faire réviser vos générateurs de secours. J'ai pas l'impression qu'ils soient opérationnels vos trucs.

LE LIFTIER : Milles excuses, madame.

FEMME : Vous ne pouvez pas contacter un dépanneur, un collègue, quelqu'un qui puisse venir nous libérer ?

LE LIFTIER : Je ne le peux, madame. Nous subissons une panne électrique, non mécanique. L'interphone ne fonctionne pas.

FEMME (soupir) : On va devoir attendre combien de temps encore ?

LE LIFTIER : Je l'ignore, madame.

FEMME : Quelqu'un sait au moins que nous sommes coincés dans l'ascenseur ?

LE LIFTIER : Que madame se rassure, tous nos ascenseurs sont équipés de caméras de vidéosurveillance.

FEMME : Hmm. Et elles fonctionnent en cas de

panne de courant, vos caméras ?

LE LIFTIER : Probablement que non.

FEMME (rire nerveux) : Dans ce cas, comment peuvent-ils deviner que nous sommes coincés là-dedans ?

LE LIFTIER : Nos caméras ont enregistré la montée de madame dans cet ascenseur. En cas de besoin, les secouristes peuvent consulter les derniers enregistrements dans notre local de surveillance. Notre système informatique dispose d'un générateur indépendant.

FEMME : Indépendant ? Waouh ! Espérons que ce ne soit pas le même modèle de générateur que ceux de l'hôtel.

LE LIFTIER (rire) : Madame a de l'humour.

FEMME : J'essaie.

Nouveau silence.

LE LIFTIER : J'ignore si Madame est au courant, mais une fois, une jeune fille de seize ans est restée quatre jours bloquée dans l'ascenseur de son immeuble.

FEMME : Vous croyez vraiment que c'est le moment de raconter ça ?

LE LIFTIER : Madame a raison. Milles excuses.

Un temps.

FEMME : Quatre jours, vous dites ?

LE LIFTIER : Quatre jours.

FEMME : Et personne ne l'a entendu crier ou cogner sur les parois de la cabine ?

LE LIFTIER : Bizarrement, non. De plus, le bouton d'appel d'urgence ne fonctionnait pas et le gardien était persuadé que la cabine était vide au moment de la panne. Les parents de la jeune fille l'ont cherché partout. Ils commençaient à croire que leur enfant avait été kidnappée, alors qu'elle se trouvait juste à quelques mètres de leur appartement.

FEMME : Quelle horreur…

LE LIFTIER : Comme le dit madame.

Un autre temps.

FEMME : J'ai quand même du mal à croire que personne ne l'ait entendu…

LE LIFTIER : C'est pourtant ce qui s'est passé.

FEMME : Elle s'en est sortie vivante ?

LE LIFTIER : Vivante, oui. Les secouristes ont découvert la jeune fille recroquevillée dans un coin de la cabine, endormie. Elle souffrait d'hypothermie et de déshydratation et avait perdu la notion du temps.

FEMME : La pauvre… C'était où ?

LE LIFTIER : Ici, à Sydney. Du côté de Camperdown.

FEMME : Eh bien croisons les doigts pour que les secours nous trouvent plus rapidement, cette fois.

LE LIFTIER : Leur intervention ne sera pas nécessaire.

FEMME : Ah, vous croyez ?

On entend un déclic électronique, suivi d'un brusque claquement métallique.

LE LIFTIER : Le courant est revenu, madame.

FEMME : Eh bah… c'est pas trop tôt.

On entend l'ascenseur redémarrer.

LE LIFTIER : Nous sommes restés bloqués huit minutes, madame.

FEMME : Merci pour cette précision.

LE LIFTIER : J'ai pensé que cela rassurerait madame en vue de son vol.

FEMME : C'est gentil mais encore faut-il que je rejoigne l'aéroport à temps.

LE LIFTIER : La durée du trajet reliant l'hôtel à l'aéroport est de vingt-trois minutes, madame.

FEMME : Ça devrait être bon, alors ?

LE LIFTIER : Je le pense, madame.

On entend le *ding !* de l'ascenseur et les portes métalliques s'ouvrir.

FEMME : Bon, eh bien, je crois que nos chemins se séparent ici.

On entend le liftier gribouiller sur un bout de papier.

LE LIFTIER : Tenez, madame.

FEMME : Qu'est-ce donc ?

LE LIFTIER : Le numéro de téléphone et l'adresse postale de notre maison, à mon épouse et à moi-même.

FEMME : Merci mais…

LE LIFTIER : Juste en cas de besoin, madame.

FEMME : En cas de besoin ?

LE LIFTIER : Si jamais madame a besoin d'amis à qui parler.

Silence.

FEMME (voix serrée) : Merci…

LE LIFTIER : Je vous en prie, madame.

FEMME : 42 Brighton Avenue ?

LE LIFTIER : Tout à fait. Que madame n'hésite pas à venir nous voir un jour.

FEMME : À une condition.

LE LIFTIER : Laquelle ?

FEMME : Que vous arrêtiez de m'appeler Madame.

LE LIFTIER : Et comment dois-je… ?

FEMME : Sophie. Je m'appelle, Sophie.

LE LIFTIER : Bien, dans ce cas, enchantée, chère Sophie. Mon nom à moi c'est George. George Eleven.

SOPHIE : George Eleven ?

GEORGE : Tout à fait.

SOPHIE : C'est drôle…

GEORGE : Drôle ?

SOPHIE : Mon numéro de siège dans l'avion… c'est

le 11G.

GEORGE : Vraiment ?

SOPHIE : Je vous assure.

GEORGE : Le destin, ma chère. Le destin.

SOPHIE (rire) : Arrêtez, je vais finir pas y croire.

GEORGE : Allez, ne traînez pas. Vous avez un avion à prendre.

SOPHIE : Oui, vous avez raison. Je… je garde vos coordonnées près de moi. Je… je vous appellerai une fois rentrée à Los Angeles.

GEORGE : J'en serai très heureux.

SOPHIE : À bientôt, George.

GEORGE : Aurevoir, chère Sophie.

ONZE

Une porte s'ouvre.

VOIX DE FEMME : M. Molard ?

HOMME : Malard.

FEMME : Oh, pardon. Entrez, je vous en prie.

On entend le *poc !* d'un magazine s'écrasant sur une table basse en verre, puis le bruit d'un corps s'extirpant d'un fauteuil en cuir.

MALARD : Dr. Kehrer, je présume ?

DR. KEHRER : Enchantée, M. Malard. Excusez-moi encore pour l'erreur de prononciation.

MALARD : Ce n'est rien, j'ai l'habitude.

Une porte est fermée.

DR. KEHRER : Installez-vous sur le divan, je vous en prie.

MALARD : Je m'assois ou je m'allonge ?

DR. KEHRER : Comme vous le souhaitez.

MALARD : D'accord. J'ai jamais fait ça avant, c'est pour ça. Je préfère demander.

DR. KEHRER : C'est votre première séance chez un psychologue ?

MALARD : Tout à fait.

DR. KEHRER : Bien.

On entend Malard s'asseoir sur le divan, s'y allonger, puis se redresser.

MALARD : Je préfère rester assis, si ça ne vous ennuie pas.

DR. KEHRER : Pas du tout. L'important, c'est que vous vous sentiez bien.

On entend le Dr. Kehrer s'installer dans un fauteuil scandinave et gribouiller quelques notes dans un carnet.

DR. KEHRER : Alors dites-moi, M. Malard, que me vaut votre visite, aujourd'hui ?

MALARD : Eh bien voilà, je... je ne sais pas trop comment vous dire ça...

DR. KEHRER : Dites-le simplement.

MALARD : Docteur, je croise des onze partout où je vais.

DR. KEHRER : Je vous demande pardon ?

MALARD : Des onze. Je vois des onze partout.

DR. KEHRER : Des onze ?

MALARD : Oui.

DR. KEHRER : Vous voulez dire le nombre onze ?

MALARD : C'est ça. Quoi que je fasse, où que j'aille, je finis toujours par croiser un onze. Je commence à être inquiet, docteur.

Un silence.

MALARD : Vous ne me croyez pas, c'est ça ?

DR. KEHRER : Bien au contraire, M. Malard. À quoi bon faire ce métier si je ne crois pas un dire de mes patients ? (Elle marque une pause.) Donc, si je comprends bien, vous croisez régulièrement le nombre onze, et cela vous perturbe au quotidien, c'est bien ça ?

MALARD : Perturber, perturber… le mot est faible, docteur. Je suis obnubilé par ce nombre. J'ai l'impression qu'il me suit partout. Que ce soit dans la rue, en regardant la télévision ou en écoutant la radio, je le vois et l'entends sans arrêt.

DR. KEHRER : Vous en avez croisé un en venant ici ?

MALARD : Vous plaisantez ? Votre cabinet est tout proche de la station de métro Rambuteau. Et vous n'êtes pas sans savoir que la seule ligne qui dessert cette station… eh bien, c'est la ligne 11.

DR. KEHRER : Je vois.

MALARD : Notez aussi qu'à mon entrée dans votre cabinet, votre horloge numérique affichait 11 : 11.

DR. KEHRER : Ce n'est plus le cas désormais.

MALARD : Elle affiche toujours un onze.

DR. KEHRER : C'est vrai.

Nouveau silence. De temps à autre, nous entendons le Dr. Kehrer crayonner dans son carnet.

DR. KEHRER : Depuis quand est apparu ce phénomène, M. Malard ?

MALARD : Vous appelez ça un « phénomène » ? Dites plutôt une malédiction !

DR. KEHRER : Pourquoi pensez-vous qu'il s'agit d'une malédiction ?

MALARD : Mais enfin, je vois des onze partout ! Tout le temps ! Qu'est-ce qu'il vous faut de plus ?

DR. KEHRER : M. Malard, ces onze ont-ils déjà

entraîné des répercussions néfastes sur vous ?

MALARD : C'est-à-dire ?

DR. KEHRER : Est-ce que la vue d'un nombre onze vous apporte malheur par la suite ? Dans les minutes, les heures ou les jours qui suivent ? Une mauvaise nouvelle, une maladie, un accident ?

MALARD : Euh… non. Pas que je me souvienne.

DR. KEHRER : Vous en êtes sûr ?

MALARD : Puisque je vous le dis.

DR. KEHRER : Bien. Autrement dit, ces nombres ne sont aucunement liés à un quelconque maléfice.

MALARD : Vous croyez ? Mais alors pourquoi j'en vois autant ? Tiens, pas plus tard qu'hier, je regarde le journal de 20 heures, et là, ils annoncent que onze pour cent des conducteurs sur autoroute utilisent leur téléphone au volant. Ça ne pouvait pas être dix ou douze, non, il a fallu que ce soit onze !

DR. KEHRER : M. Malard…

MALARD : Attendez, j'ai plein d'autres exemples à vous donner ! Prenez le loto. Ça fait trois tirages de suite que la boule onze est tirée. Vous vous rendez compte ? Trois tirages de suite !

DR. KEHRER : M. Malard, sachez que cela arrive à de nombreuses personnes. Plusieurs de mes patients m'ont déjà fait part de leur étroite affinité avec un chiffre ou un nombre.

MALARD : Mais de quelle affinité parlez-vous ? Je n'ai jamais eu la moindre affinité avec le nombre onze !

DR. KEHRER : C'est ce que vous pensez. Mais ce nombre doit avoir une signification pour vous. Ce n'est pas anodin que vous le croisiez aussi régulièrement. Depuis quand voyez-vous ce nombre ?

MALARD : Oh, ça doit bien faire un an.

DR. KEHRER : Rien les années auparavant ?

MALARD : Je ne crois pas. Peut-être. Je n'y prêtais pas vraiment attention avant. La fois où ça m'a sauté aux yeux, c'était à la clinique du XIe arrondissement, il y a un an donc. Déjà, c'était la clinique du XIe. Premier onze. Ensuite, en prenant un ticket à l'accueil, je tombe sur le numéro onze. Deuxième onze. Sur le coup, j'ai trouvé ça amusant : tomber sur le onze à la clinique du XIe, bon, ça m'a fait sourire, voyez ? Mais après, ça s'est enchaîné : V'là-ti' pas qu'on m'appelle à onze heures tout pile, que mon rendez-vous se déroule dans le labo 11, et que sur l'un des murs du labo 11 est accroché un cadre photo noir et blanc du drapeau américain planté sur la lune.

DR. KEHRER : Apollo 11.

MALARD : Parfaitement ! Cinq onze dans la même matinée, vous imaginez ?

DR. KEHRER : Et depuis ce jour, vous avez l'impression de voir des onze partout ?

MALARD : Bon sang, mais ce n'est pas juste une impression, docteur ! Je les vois ces onze ! C'est factuel ! Ils sont là, ils existent ! Regardez votre horloge.

DR. KEHRER : Pardonnez-moi, M. Malard, je me suis mal exprimée. Je voulais dire que depuis ce jour à la clinique, vous voyez ou entendez des onze…

MALARD : Tous les jours !

DR. KEHRER : Tous les jours.

MALARD : Et ça m'inquiète.

DR. KEHRER : Ça vous inquiète.

MALARD : Voilà.

DR. KEHRER : Vous n'avez jamais eu le sentiment d'être poursuivi par ce nombre avant ?

MALARD : Non.

DR. KEHRER : Et vous ne vous rappelez pas avoir été en contact avec ce nombre au cour de votre vie, hormis ces douze derniers mois ?

MALARD : Non plus. (Il réfléchit brièvement.) Ah si, attendez… Maintenant que vous le dites, j'ai pratiqué le football en club lorsque j'étais adolescent. Non seulement c'est un sport qui se joue à onze contre onze, mais en plus je portais le maillot 11. (Il marque un temps.) C'est dingue… je n'y avais jamais pensé jusque-là. En fait, ce nombre a toujours été présent autour de moi !

DR. KEHRER : C'est plutôt une bonne chose, ça, M. Malard.

MALARD : Comment ça, une bonne chose ?

DR. KEHRER : Considérons le fait que ce nombre vous ait suivi tout au long de votre vie. Jusqu'à présent – du moins jusqu'à l'année dernière et votre visite à la clinique –, vous n'y avez jamais réellement prêté attention. Il a suffi d'une matinée et d'une succession d'événements pour que vous en preniez conscience.

MALARD : Où voulez-vous en venir ?

DR. KEHRER : Je crois qu'il est inutile de vous tourmenter pour ça, M. Malard. Vous n'êtes en rien victime d'une malédiction ou de ce qui pourrait s'en approcher. Ce nombre vous suit au quotidien, certes, mais il ne vous a jamais porté malheur, n'est-ce pas ?

MALARD : Non… Parfois, c'est même plutôt l'inverse.

DR. KEHRER : C'est-à-dire ?

MALARD : L'autre jour, j'entre dans un magasin de sport pour m'acheter une nouvelle paire de baskets. Arrivé aux caisses, je vois une longue file d'attente. Je me dis : mince, je repasserai un autre jour. Mais j'attends quand même un peu pour voir comment ça se décante. Là, je comprends que c'est une file d'attente commune à toutes les caisses, celle où on vous appelle dès qu'une caisse se libère. Je lève les yeux et je compte cinq caisses ouvertes. Du coup, je me dis que ça devrait allez vite. J'entre donc dans la file d'attente et là, forcément, ça fait tilt dans ma tête : Est-ce que la caisse numéro 11 est ouverte ? Je regarde : oui, elle l'est. Je continue d'avancer, puis vient le tour de la personne devant moi. Le haut-parleur grésille et annonce « Caisse numéro 11 ». J'en rigole tout seul. À une personne près, je tombais sur la onze. Sauf que j'ai ri un peu trop vite. Au moment où je me présente à la caisse qui m'a été attribuée, en l'occurrence la numéro 10, la caissière m'annonce sur un ton désolé que son terminal vient tout juste de boguer. Compréhensif, je lui fais signe qu'il n'y a pas de soucis et retourne naturellement dans la file d'attente. Mais à peine eussé-je le temps de faire un demi-tour sur moi-même que la caissière me dit : « Monsieur, ce n'est pas la peine. Attendez ici, ma collègue va vous prendre dans un instant. » Et par « collègue » elle entendait bien sûr la caissière à sa droite, autrement dit la caissc numéro 11. Je lui souris. Bêtement. J'en fait de même avec sa collègue à qui je tends ma paire de baskets. Elle scanne le code de barre, les glisse dans un sac, puis je règle mon achat avec ma carte bleue. Une minute plus tard, je sors du magasin et vérifie mon ticket de caisse. Là, je me fige aussitôt devant le prix des baskets : vingt-cinq euros ! Trois fois moins que le prix affiché en rayon ! Vous vous rendez compte ? L'affaire de l'année ! Je repense alors à ce bogue informatique. Imaginez si la caisse numéro 10 avait fonctionné, ou si j'avais été appelé à une autre caisse, j'aurais probablement payé mes baskets au prix fort. Je ne sais pas ce que vous en pensez, docteur, mais ce coup-ci, on peut dire que le nombre onze m'a porté chance.

DR. KEHRER : Effectivement. Aussi, voyez-vous, M. Malard, il n'y a pas d'inquiétude à avoir. Le nombre onze n'est pas un nombre maudit et ne cherche pas à vous nuire.

MALARD : Mais comment expliquez-vous qu'il soit autant présent autour de moi ?

DR. KEHRER : Eh bien peut-être que…

Elle s'arrête dans son élan.

MALARD : Peut-être que quoi ?

DR. KEHRER : Peut-être que ce nombre a un sens.

MALARD : Un sens ? Quel sens ?

DR. KEHRER : M. Malard, puis-je vous poser une question délicate ?

MALARD : Délicate, comment ?

DR. KEHRER : Est-il arrivé un événement dramatique au cours de votre vie ? Durant votre enfance, peut-être, avant que le nombre onze ne s'immisce dans votre quotidien ?

Long silence.

DR. KEHRER : M. Malard ?

MALARD (troublé) : Je…

DR. KEHRER : J'ai dit quelque chose qu'il ne fallait pas ?

MALARD : Non, non. C'est juste que…

DR. KEHRER : Quoi donc ?

MALARD : J'ai… j'ai perdu mon frère, très jeune. Mon frère jumeau.

Nouveau silence.

MALARD : Docteur… vous croyez que le nombre onze a un rapport avec mon frère ?

DR. KEHRER : C'est possible, oui.

MALARD : Comment ?

DR. KEHRER : Écoutez, M. Malard, ce que je vais vous dire va sûrement vous paraître étrange.

MALARD : Dites toujours.

DR. KEHRER : Alors voilà, le nombre onze est un nombre maître connu pour sa vibration spirituelle. C'est un canal pour l'information entre le haut et le bas.

MALARD : Le haut et le bas… comme le Paradis et la Terre ?

DR. KEHRER : Par exemple.

MALARD : Attendez, vous voulez dire que…

DR. KEHRER : Que les apparitions du nombre onze dans votre vie sont peut-être le fruit des manifestations de la présence spirituelle de votre frère.

MALARD : Vous croyez ?

DR. KEHRER : Il se pourrait qu'à travers ce nombre, votre frère essaie de communiquer avec vous, en veillant sur vous, en vous indiquant le chemin à prendre.

MALARD : Attendez, vous dites que durant tout ce temps, c'était lui qui me parlait ? C'était mon frère ?

DR. KEHRER : Je ne peux en être certaine, M. Malard, mais c'est la seule explication qui fait sens à mes yeux.

MALARD (abasourdi) : J'ai… j'ai un peu de mal à y croire, docteur.

DR. KEHRER : Je comprends.

MALARD : Comment mon défunt frère peut-il encore communiquer avec moi ?

DR. KEHRER : Vous savez, beaucoup de personnes reçoivent des signes de leurs proches disparus. Cette expérience indéfinissable porte un nom : VSCD, « vécu subjectif de contact avec un défunt », ou encore CAD pour « communication avec les défunts ». Les formes de contact varient en fonction des personnes. Pour vous, M.

Malard, il s'agit d'un nombre, en l'occurrence le onze.

MALARD : Docteur… est-ce que mon frère est encore vivant ?

DR. KEHRER : Je regrette, M. Malard, mais non. Votre frère n'est plus de ce monde.

MALARD : Où est-il alors ?

DR. KEHRER : C'est la question que nous nous posons tous : où allons-nous après ?

TABLE

NOTE DE L'AUTEUR

Chères lectrices, chers lecteurs, j'espère que ces onze nouvelles façon saynètes vous auront apporté autant de plaisir que j'en ai pris à les écrire.
Après l'éprouvant marathon que fut la naissance de mon premier roman LA FONTAINE DU SINGE, il était essentiel pour moi de travailler sur un projet plus léger avant de m'aventurer dans l'écriture d'un nouveau roman.
Du fond du cœur, je remercie toutes les personnes qui m'ont accordé leur confiance jusque-là. Merci à celles et ceux qui offriront à ONZE le maximum de visibilité. Parlez-en autour de vous, publiez votre avis sur les réseaux sociaux et les sites spécialisés, et rejoignez-moi sur Facebook, Instagram et Twitter pour ne rien manquer de mes prochaines parutions.
Pour me suivre : @remyors

Prenez soin de vous, et à très vite.
Rémy Ors

www.ingramcontent.com/pod-product-compliance
Ingram Content Group UK Ltd.
Pitfield, Milton Keynes, MK11 3LW, UK
UKHW021650190726
13853UKWH00001B/182

9 782957 337019